# LEO HELLER

# DER GEMÜSE-FLÜSTERER VON MAINHATTAN

KRIMIKOMÖDIE

# LEO HELLER

# DER GEMÜSE-FLÜSTERER VON MAINHATTAN

KRIMIKOMÖDIE

GMEINER

Immer informiert

Spannung pur – mit unserem Newsletter informieren wir Sie
regelmäßig über Wissenswertes aus unserer Bücherwelt.

Gefällt mir!

Facebook: @Gmeiner.Verlag
Instagram: @gmeinerverlag
Twitter: @GmeinerVerlag

Besuchen Sie uns im Internet:
www.gmeiner-verlag.de

© 2020 – Gmeiner-Verlag GmbH
Im Ehnried 5, 88605 Meßkirch
Telefon 0 75 75 / 20 95 - 0
info@gmeiner-verlag.de
Alle Rechte vorbehalten
1. Auflage 2020

Lektorat: Sven Lang
Herstellung: Mirjam Hecht
Umschlaggestaltung: U.O.R.G. Lutz Eberle, Stuttgart
unter Verwendung eines Fotos von: © egorxfi / stock.adobe.com;
© Leo Heller
Druck: GGP Media GmbH, Pößneck
Printed in Germany
ISBN 978-3-8392-2698-8

# INHALT

Im Sommer des Jahres 2015 misst man in Deutschland die heißeste Temperatur seit Beginn der Wetteraufzeichnungen. Vierzig Komma drei Grad Celsius im Schatten. Nachts kühlt es in der Frankfurter City kaum ab, weil sich die Hitze zwischen den Wolkenkratzern staut.

Der Hitzestress mag einer der Gründe sein, warum sich im Juli 2015 die Gemüter und Gehirne so stark aufheizen, dass bei einigen Bürgern der Dampfkoch-Kopf explodiert und sie bereit sind, für ein simples Kochrezept zu morden.

# HAVE A NICE DAY

*Montag, sechster Juli, Frankfurt-City, Opernplatz*

Der Fleck auf meinem weißen Hemd wird immer größer. Dickflüssig rinnt die rote Soße über meine Bauchmuskeln.

Verdammt, das sieht nicht gut aus.

Ich werfe die Currywurst und das Gummibrötchen in einen Mülleimer auf der Frankfurter Fressgass und spurte vor zum Opernplatz. Mein neues Shirt aus dem Frankfurt Summer Sale ist genauso ruiniert wie mein Mittagessen.

»Mein Gott, McBride! Wie sehen Sie denn aus? Können Sie nicht mal essen?«, begrüßt mich die Rechtsanwältin Muriel von Stromberg auf der Terrasse des noblen Cafés an der Alten Oper.

»Sorry, Frau von Stromberg, mir ist gerade die Currywurst auf mein …«

»Schon gut. Das sehe ich ja. Setzen Sie sich. Unser Gesprächspartner sollte gleich hier sein.«

»Wer ist gleich hier?«

Die Rechtsanwältin von Stromberg antwortet nicht.

Sie lugt über ihre Sonnenbrille und weist mit einem Kopfnicken auf die weite Fläche des Opernplatzes. »Der Herr da hinten. In dem Mantel.«

Ein bärtiger Mann mit einem grauen Zopf schreitet über den menschenleeren Platz. Es ist ungewöhnlich heiß heute. Viel zu heiß für einen frühen Vormittag. Die Hitze flimmert über den Granitplatten des Opernplatzes und lässt den Mann unscharf erscheinen wie eine Fata Morgana. Trotz der hohen Temperaturen trägt der Typ einen Trenchcoat. Sein Oberkörper schaukelt beim Gehen auf und ab. Mit dem rechten Arm rudert er, als wolle er Fliegen vertreiben. Unter dem linken Arm klemmt eine Aktentasche. Der merkwürdige Aufzug und die Art zu gehen kommen mir bekannt vor. Er bleibt jetzt mitten auf dem Opernplatz stehen, orientiert sich und steuert dann unseren Tisch im Opern-Café an.

Es gibt keinen Gast auf der Terrasse des Cafés, der nicht aufblickt, als das Motorrad über den Platz jagt und auf die Person im Trenchcoat zurast. Wenige Meter vor dem Mann geht der Fahrer hart in die Eisen und driftet mit der Maschine so, dass das Motorrad quer vor dem Unbekannten zum Stehen kommt. Keine zehn Meter von uns. Unter der Lederkombination der Person, die die Kawasaki steuert, zeichnet sich eine weibliche Figur ab. Das Gesicht der Frau ist von unserem Tisch aus nicht zu erkennen. Sie trägt einen Integralhelm mit verspiegeltem Visier. Die Motorradfahrerin und der Zopfträger unterhalten sich. Gesprächsfetzen hallen herüber.

»Her mit der Tasche«, befiehlt die Frau und greift nach ihr.

»Nimm die Finger weg!«, weicht der Grauhaarige zurück und presst die Aktentasche an seine Brust.

Die Motorradfahrerin wird laut: »Du, Penner, kannst damit sowieso nichts anfangen. Gib es uns, sonst ...«

»Sonst was? Lieber verbrenne ich es.«

»Das wirst du nicht tun!«

»Oh doch«, antwortet er.

»Gib mir die Tasche«, raunt die Frau noch einmal drohend.

Der Mann lässt den Arm mit der Aktentasche sinken und lächelt. »Fahr nach Hause und mach dir die Fingernägel, Schätzchen.«

Die Bikerlady steigt von ihrem Motorrad und kippt es auf den Seitenständer. Ohne den Motor abzustellen. Sie bückt sich und zieht einen Gegenstand aus ihrem linken Stiefel.

»Steck das Spielzeug weg«, fordert sie der Mann auf.

Die Pistole, eine kleinkalibrige Beretta, zittert in der Hand der Frau. Einen ewig wirkenden, kurzen Moment lang wird es still auf dem Opernplatz. Der alte Mann schweigt, das Publikum im Café schweigt, Muriel von Stromberg und ich schweigen. Der schwarze Lederarm der Frau streckt sich. Ihre Hand zittert nicht mehr.

BAMM-BAMM!

Zwei Schüsse bellen über den Platz. Beide Kugeln schlagen ins Gesicht des alten Mannes. Jeder Schuss reißt ihm den Kopf ein Stück weiter nach hinten. Noch hält er sich auf den Beinen. Doch langsam knicken seine Kniegelenke ein wie im Regen durchweichte Pappkartons. In Zeitlupe sackt er zusammen und sinkt nieder auf den Steinboden des Opernplatzes. Die Bikerin steckt die kleine Kanone zurück, nimmt die Aktentasche aus den Händen des Sterbenden, klemmt sie sich zwischen ihren Hintern und den Motorradsattel und jagt mit der Maschine davon.

»Merken Sie sich das Nummernschild, McBride!«, ruft meine Auftraggeberin.

Umsonst. Über das Nummernschild der Kawasaki ist ein Jutebeutel gezogen.

»Are they making a movie?«, fragt mich ein Tourist am Nachbartisch, der noch nicht gecheckt hat, dass er gerade in der Hauptstadt des Verbrechens frühstückt.

Muriel von Stromberg wählt den Notruf. Ich springe auf und stürze vor zu dem Opfer. Für Erste Hilfe ist es zu spät. Der alte Mann zittert im Todeskampf. Blut sickert aus seinem Gesicht in den grauen Vollbart. Das rechte Auge ist nur noch ein rotes Loch. Aus dem linken starrt er mich an. Er lebt noch und atmet schwer.

»Jürgen«, spricht er mich mit meinem Vornamen an. Jetzt erkenne ich den Mann. Es ist Dr. Lärche, mein alter Lateinlehrer. Dr. Lärche! Versucht er mir etwas zu sagen? Mehr als ein Röcheln bringt er nicht zustande.

»Ich höre Ihnen zu, Dr. Lärche, reden Sie.«

Mit unheimlicher Kraft, verliehen durch das nahende Jenseits, greift seine Hand in meinen Nacken und zieht mich ganz nahe zu sich runter. Ich rieche den Eisengeruch des Blutes, spüre auf meinem Gesicht die Blasen des roten Schaums zerplatzen, der aus seinem Mund tritt. Er flüstert: »Germania.« Noch einmal höre ich es deutlich: »Germania ... Germania. Sachsen...«, gurgelt es aus seinem Schlund.

Dr. Lärche hört auf zu sprechen, und sein Herz hört auf zu schlagen. Von den grauen Granitplatten des Frankfurter Opernplatzes starrt mein Lateinlehrer tot und einäugig in den blauen Julihimmel.

Zwei Schüsse, zwei Kopftreffer. Die Bikerin kann mit einer Kanone genauso gut umgehen wie mit einem Motorrad. Das sollte bei der Ermittlung der Täterin helfen. Falls das zu meinem Job gehören sollte. Noch weiß ich nicht, warum ich eigentlich herbestellt worden bin. Der Krankenwagen trifft ein. Die Ärzte verschaffen sich Zugang durch den Pulk aus Neugierigen, der sich um das Opfer drängt. Einige Passanten haben ihre Smartphones gezückt und machen Fotos und Videos für Facebook, Twitter und Instagram. Der Tourist, der mit seiner Frau neben mir gefrühstückt hat, zahlt eilig und überlässt seinen Lachstatar den Fliegen. »Have a nice day«, verabschiedet der Kellner die beiden geschockten Touris. Die Polizei fordert über Lautsprecher alle Anwesenden auf, vor Ort zu bleiben und sich zu Befragungen zur Verfügung zu halten. Der Platz wird mit rot-weißen Plastikbändern abgesperrt. Die Beamten beginnen mit der Aufnahme der Personalien. Das heißt, sie versuchen es. Eigentlich haben sie mehr damit zu tun, die Gäste des Cafés zu beruhigen, die sich darüber beschweren, aufgehalten zu werden.

»Das ist eine Unverschämtheit! Sie geben mir jetzt sofort Ihren Namen und Ihren Dienstgrad. Sie können mich hier nicht ohne Grund festhalten, junger Freund. Vielleicht geht das über Ihr Vorstellungsvermögen, aber es gibt in Frankfurt auch noch Leute, die das Geld verdienen, mit dem der Staat die öffentlichen Gehälter bezahlt. Zum Beispiel Ihr dünnes Gehalt, Mister Sherlock Holmes. In Ihrem Fall kann ich nur sagen, dass das für jeden Cent rausgeschmissenes Geld ist. Ich werde jetzt meinen Anwalt anrufen und Sie dürfen sich auf eine saftige Dienstaufsichtsbeschwerde freuen. Jawohl, mein lieber junger Freund. Fassen Sie mich nicht an! Aua! Svenja, hast du das gesehen? Mach ein Foto! Nicht von mir, verdammt! Von dem Nazi da, Mensch!«

In den Tumult dringt eine Lautsprecherstimme. Mit einem starken Akzent. Die Beschwerden der nervösen Kaffeehausgäste klingen aus. Die Rolex-Fraktion der Frankfurter Gesellschaft lauscht den Anweisungen aus dem Megafon.

»Meine Damen und Herren, Sie sind alle Zeugen in einem Mordfall. Wir werden nun Ihre Personalien aufnehmen. Wir bitten Sie, sich kooperativ zu verhalten und unseren Kollegen die Arbeit zu erleichtern. Je mehr Sie unsere Arbeit behindern, desto länger dauert das Ganze. Falls es jemanden einfallen sollte, sich der Überprüfung zu entziehen und über das Absperrband zu schreiten, sind meine Mitarbeiter angewiesen, Sie festzunehmen und Ihre Personalien auf der Wache festzustellen. Die Polizei bedankt sich für Ihr Verständnis.«

Ich kann den Polizeibeamten, der diese Ansage gemacht hat, nicht sehen. Aber ich weiß auch so, wer da spricht. Die Stimme gehört dem Chef des Morddezernats Frankfurt-Mitte: Hauptkommissar Erik Odecker. Erik und ich, wir beide waren mal die deutsch-deutschen Vorzeigekommissaranwärter in der Weihnachtsausgabe von »Die Kriminalpolizei« im Jahr 1999. Mein Kollege aus Zwickau hat es mittlerweile zum Dienststellenleiter im Frankfurter Morddezernat gebracht. Während ich vor fünf Jahren freiwillig aus dem Polizeidienst ausgeschieden bin. Na ja, vielleicht nicht ganz freiwillig.

Erik trägt wie immer sein haselnussbraunes Schurwoll-Jackett mit den aufgenähten Wildleder-Ellenbogenschonern. Das Jackett kauft ihm seine Frau eine Nummer zu groß, damit im Winter der Rollkragenpullover darunter passt.

»Servus Erich!«, begrüße ich ihn, als er an unserem Tisch vorbeiläuft.

Erik sperrt die Augen auf. »Schau an, der Jürgen! Einer ist tot oder tut noch würgen – Und wer steht nebendran? Der Jürgen.«

»Und wer kommt wie immer unpünktlich – der Erich.«

»Nenn mich nicht Erich. Ich heiße Erik.«

»Sorry, ich vergess das immer, Erich.«

»Na schön. Du kommst bei der Vernehmung als Letzter dran.«

»Macht nix – Kellner, einen Sauergespritzten bitte. Was nimmst du, Erich?« Kommissar Erik Odecker zieht wortlos ab. Er darf ja keinen Apfelwein trinken. Erstens, weil das im Dienst verboten ist. Und zweitens, weil er ihn nicht verträgt. Auch das war für mich ein Grund, aus den aktiven Polizeidienst auszuscheiden. Also wegen erstens natürlich. Zweitens ist mehr ein Problem der Ostdeutschen. Aber auch der Norddeutschen und der Westdeutschen. Und der Süddeutschen. Zum Apfelweintrinker muss man geboren sein. In der richtigen Gegend, meine ich damit. Also in Frankfurt am Main.

# DAS MONEGASSISCHE PRACHTHUHN

*Montag, sechster Juli, Frankfurt-City, Opernplatz*

Hauptkommissar Odecker macht seine Drohung wahr und lässt Muriel von Stromberg und mich lange im Opern-Café sitzen, ohne dass ein Beamter zur Vernehmung an unseren Tisch kommt. Mir ist das herzlich egal. Ich habe schon in weit schlechterer Gesellschaft gesessen.

Meine attraktive Auftraggeberin Muriel von Stromberg, Partnerin der Kanzlei Stromberg/de Funes/Bethmann, ist beinahe so etwas wie eine alte Freundin. Trotzdem siezen wir uns immer noch. Gerade beendet sie ein Telefongespräch mit ihrem Büro.

»Frau von Stromberg, was liegt eigentlich an? Wieso wurde der Mann erschossen?«

»Der Tote heißt Dr. Walter Lärche.«

»Ich weiß. Ich kenne den Mann.«

»Woher das?«, staunt meine Auftraggeberin.

»Dr. Lärche ist mein ehemaliger Lateinlehrer.«

»Ihr Lateinlehrer? Im Ernst? Sie können Latein? Sie überraschen mich immer wieder, McBride. Currywurst und Latein. Na schön, Dr. Lärche ist also ihr Lateinlehrer gewesen. Das war er vielleicht mal vor zwanzig Jahren. Jetzt ist er – war er – ein gut bezahlter Coach, einer der Stars unter den Mental-Coaches. Er coacht die Führungsetagen der deutschen Economy. Außerdem ist er Mitglied in der Nation Of The Beautiful – gewesen.«

»Bitte noch mal zum Mitschreiben, Frau von Stromberg: in der Nation Of *was*?«

»Nation Of The Beautiful. Das ist eine internationale Gesellschaft, die sich, grob gesagt, mit Ernährungsfragen beschäftigt. Die Mitglieder der Nation streben körperliche und geistige Vollkommenheit an.«

»Aha, verstehe!«

Muriel von Stromberg zieht eine Augenbraue hoch, betrachtet den Soßenfleck auf meinem Shirt und mustert mich durch ihre Gucci-Sonnenbrille. Um ihr zu beweisen, dass ich sehr wohl verstanden habe, worum es hier geht, teile ich ihr spontan einige persönliche Gedanken zum Thema Ernährung mit.

»Essen ist ja eine wichtige Sache. Ganz besonders heutzutage. Meine ehrliche Meinung als Sportler ist: Lecker und gesund muss kein Widerspruch sein. Ich habe mir angewöhnt, samstagabends zur Sportschau statt einer Tüte ...«

Muriel von Stromberg unterbricht mich mit einer ungeduldigen Handbewegung. Okay, all right, kein Problem. Die Lady ist der Boss. Ich werde ihr meine Ansichten zum Thema Ernährung erläutern, wenn die Frau aufnahmefähiger ist. Sicher steht sie noch unter dem Eindruck des schrecklichen Mordes, der gerade vor unseren Augen stattgefunden hat. Sie startet mit dem Briefing für meinen neuen Job.

»Also schön, McBride, ich muss jetzt ein bisschen weiter ausholen, um Ihren Auftrag zu erklären. Bitte versuchen Sie trotz Ihres, äh, speziellen Hintergrunds zu verstehen, worum es den Anhängern der Nation Of The Beautiful geht. Kern ihrer Lehre ist, dass jeder Mensch durch richtige Ernährung zu einem perfekten Selbst gelangen kann. Damit auch zu einer attraktiveren Erscheinung. Das ist aber nicht alles. Die Anhänger der Lehre sind davon überzeugt, dass eine Art von ultimativer Speise existiert. Das Beste, was der Mensch zu sich nehmen kann.«

Rippchen mit Kraut bin ich in einem urhessischen Reflex versucht einzuwerfen. Aber ich schlucke den Einfall runter und konzentriere mich weiter auf Frau von Strombergs Ausführungen.

»Man nennt es: das Jüngste Gericht. Wer das Original des Rezeptes für dieses Gericht besitzt und es verspeist, dem werden fünfzig Jahre Gesundheit und Schönheit garantiert. Der Überlieferung nach erscheint das Rezept alle fünfzig Jahre an einem ehemaligen keltischen Siedlungsort. Und wirkt dann nur bei drei Menschen. Bei dem Rezept handelt es sich um eine Aufzeichnung, die auf Pergament niedergeschrieben wurde. Die Wirkung des magischen Gerichtes tritt an einem einzigen Tag, dem 19. Juli, ein. Das ist der Geburtstag eines keltischen Heiligen namens Baldur. Das letzte Mal wirkte das Rezept am 19. Juli 1965 in London. Jetzt, genau fünfzig Jahre später, schreiben wir das Jahr 2015. Es gibt gute Gründe anzunehmen, dass das Pergament mit dem Rezept dieses Jahr hier in Frankfurt auftauchen wird. Nun zu Ihrem Auftrag: Meine Kanzlei beauftragt Sie, das Rezept zu finden und das Pergament im Original bei uns abzuliefern. Unser Mandant beansprucht ein ererbtes Recht auf das Pergament. Es ist eine Person des öffentlichen Lebens. Diese Person will anonym bleiben.«

»Hatte mein alter Lateinlehrer das Rezept in seiner Aktentasche? Und die Motorrad-Lady ist mit dem Ding abgerauscht?«

»Ich denke nicht, dass Dr. Lärche das Artefakt in seiner Aktentasche hatte. Wahrscheinlich hatte er Hinweise darauf. Ich hatte ihn mehrmals zu einem Gespräch gebeten. Ich wollte mit ihm zu einer Übereinkunft im Interesse unseres Mandanten kommen. Er hatte das bisher strikt abgelehnt. Heute Morgen hatte er es plötzlich eilig, mich zu treffen. Er sagte, er fühle sich bedroht, und bat mich um Hilfe. Ich wollte, dass Sie ihn kennenlernen, McBride, und vielleicht eine Zeit lang begleiten. Als eine Art Bodyguard. Natürlich auch, um zu einer Einigung wegen des Rezeptes zu kommen. Wie wir leider mit ansehen mussten, lag Dr. Lärche mit seinem Gefühl, verfolgt zu werden, richtig. Seit in einer Fernsehsendung berichtet wurde, das magische Rezept sei in Frankfurt zu finden, sind eine Menge Leute hinter dem Pergament her.«

»Glauben Sie diese ganze Geschichte, Frau von Stromberg? Ich meine, die Sache mit fünfzig Jahren Schönheit nach einem einzigen Essen?«

»Vielleicht nicht in letzter Konsequenz. Aber prinzipiell ist etwas dran an der Story. Ernährung hat einen großen Einfluss auf unser Inneres und Äußeres. Das ist unbestritten. Mens sana in corpore sano. Ein gesunder Geist in einem gesunden Körper. Sie verstehen doch Latein, McBride«, sagt Muriel von Stromberg und lächelt schelmisch.

Wir lassen den einstigen Lieblingsspruch meines Lateinlehrers im Raum stehen. Muriel zieht ihre Sonnenbrille ab. Ich ziehe mir eine frische Camel. Frau von Stromberg rückt ihren Stuhl näher, greift nach ihrem Aperol und nippt an dem Glas, ohne daraus zu trinken.

»Wie lange kennen wir uns jetzt, McBride?«

»Keine Ahnung. Drei Jahre vielleicht?«

»Sollten wir uns nicht langsam mal duzen?«

»Können wir machen.« Muriel beugt sich mit ihrem Aperol vor.

»Also … ich heiße Muriel.«

»Das weiß ich doch längst«, grinse ich.

»McBride, Sie haben wirklich kein Benehmen!«

»Ich bin der Jürgen«, biete ich mein geripptes Apfelweinglas zum Stößchen an.

»Sag mal, wie alt schätzt du mich, Jürgen?« Muriels Kaffeehausstuhl knackt, als sie ihren Po anspannt.

»Keine Ahnung Muriel. Ich bin wirklich nicht gut im Raten.«

»Ich gebe dir einen kleinen Tipp.« Muriel zwinkert mit dem Auge. »Damit du nicht total danebenliegst: Ich werde meistens ein klein wenig jünger eingeschätzt, als ich bin.«

»Wirklich, ich weiß nicht.«

»Sag einfach eine Zahl!«

»Zweiundvierzig.«

»Na gut.« Muriels Ton wird geschäftsmäßig. »Dein Tarif ist gleich geblieben, nehme ich an?«

»Fünfhundert Euro Tagessatz ohne Spesen.«

»Du bist hiermit beauftragt, das Artefakt des Jüngsten Gerichtes wiederzubeschaffen. Das ist ein in lateinischer Schrift beschriebenes Pergamentblatt. Ein Beispiel, wie es ungefähr aussehen könnte, schicken wir dir per Mail. Unser Klient legt großen Wert darauf, dass ihm das Original spätestens zwei Tage vor dem 19. Juli übergeben wird. Bei Einhaltung dieses Termins ist er bereit, eine Erfolgsprämie in Höhe von zwei Tagessätzen auszuschütten. So oder so endet dein Auftrag spätestens am Freitag, den 17. Juli um null Uhr.«

»Da hat's einer eilig, fünfzig Jahre lang zu leben!«

»Hm. Woher weißt du, dass mein Klient ein Mann ist?«

»Da hast du recht, Muriel. Das soll mir auch egal sein. Was meine Ermittlungen angeht: Mein alter Lateinlehrer, Herr Lärche, kann uns ja nicht mehr viel über das Rezept erzählen. Was ist mit der Motorrad-Lady? Eine Idee, wer die Frau sein könnte?«

»Nein, keine Ahnung, ich kenne die Frau nicht. Aber ich habe einen Vorschlag, wo du mit deinen Ermittlungen starten solltest: Heute Abend findet ein Vortrag in dem Gesellschaftshaus der Nation Of The Beautiful statt. Ein Vortrag über ›die spirituelle Energie pflanzlicher Nahrung‹. Wir vermuten, dass das Rezept im Umfeld des Klubs auftauchen könnte. Vielleicht kannst du dort Kontakte knüpfen und dabei gleich etwas über den Mord an unserem gemeinsamen Freund herausfinden. Die Adresse ist im Frankfurter Westend, Altkönigstraße dreihundertvierundneunzig. Der Vortrag beginnt um zwanzig Uhr. Unsere Kanzlei wünscht einen regelmäßigen Bericht über den Stand deiner Ermittlungen. Spätestens bis zum Wochenende erwarten wir erste Hinweise zum Verbleib des Rezeptes. Und eins noch, Jürgen ...«

»Ja?«

»Meinst du, du bekommst es hin, bis heute Abend nicht nach Imbissbude auszusehen?«

»Kein Problem, ich ziehe mir ein frisches Hemd an.« Als Profi-Ermittler fällt es mir dank meines weltmännischen Stils leicht, mich in jeder Umgebung standesgemäß zu kleiden. Wie oft wurde ich bei Veranstaltungen der Europäischen Zentralbank oder im Frankfurter Börsenverein für den Gastgeber gehalten. Man muss wissen, dass die Rechtsanwältin Muriel von Stromberg Mandanten aus den besten Kreisen betreut. Insofern legt sie auf ein gepflegtes Auftreten ihrer Mitarbeiter großen Wert.

In der Vergangenheit war Muriel schon mehrmals meine Auftraggeberin. Gleich bei unserem ersten gemeinsamen Abenteuer durfte sie sich von meiner sprichwörtlichen Diskretion überzeugen. In diesem delikaten Fall im europäischen Hochadel musste sie sich absolut darauf verlassen können, dass keine Personalien an die Öffentlichkeit gelangten. Die Angelegenheit war aber auch zu peinlich! Der gesamte Monegassische Fürstenhof ist mir noch heute bis auf die Knochen dankbar, dass ich die kleinen Hindernisse, die seinerzeit der Hochzeit von Charlene und Prinz Albert entgegenstanden, aus dem Weg räumen konnte. Wie man auf den

Fotos in der Klatschpresse sehen kann: Charlene lächelt wegen dieser Geschichte noch immer ein wenig verlegen.

Ich habe damals Prinz Albert in die Hand versprechen müssen, über die ganze Sache kein Wort zu verlieren.

Vielleicht zu dem Thema nur so viel: Das Monegassische Prachthuhn, das bis dato frei in den Grünanlagen herumspazierte, trifft man dort nicht mehr an.

# NUR WEIL JEMAND BINDING EXPORT-
# BIER TRINKT, MUSS ER NOCH LANGE KEIN
# SCHLECHTER MENSCH SEIN*

*Montag, sechster Juli, Frankfurt-Gutleutviertel, Mainufer*

Mit Speed katapultiert uns der Opel über die Rampe aus dem Parkhaus in der Junghofstraße ans Tageslicht. Alle vier Räder drehen frei in der Luft. Laut bellt die Maschine des 1900er Opel GT auf, als sie den Sound des ewig gültigen Opel-Lieds auf den Asphalt der Neuen Mainzer Straße drückt. Übermütig lässt mein kleiner Freund einen Zündaussetzer in die Hochhausschlucht knallen, dass es zwischen den Monetentempeln aus Spiegelglas nur so scheppert. Der Opel freut sich über unseren neuen Auftrag. Er weiß genauso gut wie ich, dass es für uns höchste Zeit wird, Geld in die Haushaltskasse zu bringen. Für ihn ist eine neue Auspuffanlage fällig. Das kann bei einem Opel GT Baujahr 1972 schon mal ein paar Euros kosten. Bester Stimmung donnern mein bester Freund und ich auf

---

* *Herzlichen Dank an Flugkapitän Jan Schmidt für diese Kapitel-Überschrift*

der Mainzer Landstraße über eine dunkelgelbe Ampel in Richtung Platz der Republik.

Zum Start meiner Ermittlungen könnte ich jetzt ins Office fahren, mich wie jeder Penner mit Stromanschluss vor den PC setzen und mir Weisheiten über das keltische Rezept und die Nation Of The Beautiful zusammengoogeln. Aber es gibt verdammt gute Gründe, gerade das nicht zu tun. Der erste Grund ist das wundervolle Wetter an diesem Sommertag. Es wäre wirklich eine Schande, heute Nachmittag zu Hause vor der digitalen Idiotenlampe als Nachtschattengewächs dahinzuwelken. Das wäre eine Respektlosigkeit gegenüber der freundlichen Großwetterlage, den atlantischen Luftströmungen und unserem glorreichen Offenbacher Wetteramt.

Zweitens gibt es, wenn es um Frankfurter Geschichten geht, eine wertvollere Auskunft als die fußkranken Informationsquellen Google und Wikipedia. Niemand kennt sich in Frankfurter Interna besser aus als mein Freund Gustav, der Pächter einer Trinkhalle am Mainufer. Seine mit wenig Geld und viel Sinn für Improvisation aufgepimpte Holzbaracke ist für ein bunt gemischtes Publikum aus Geschäftsleben, abhängendem Proletariat und Unterwelt so etwas wie ein Kummerkasten. Eine stressfreie Zone, in der man beim Bier zusammenkommt und redet – und eben auch mal zu viel redet.

Gustavs Trinkhalle liegt unweit des Frankfurter Hauptbahnhofs am Mainufer unter zwei Eisenbahnbrücken, über die im Minutentakt Züge rauschen. Aus zwanzig Metern Höhe rieselt der Abrieb der Eisenbahnzüge von der Brücke herunter. Da macht es Sinn, sein Bier nicht aus dem Glas, sondern aus der Flasche zu trinken.

Gustavs Trinkhallenidyll ist nicht ganz leicht zu finden. Zufällig verirrt sich kein Mensch in das triste Industriegebiet am Rande des Frankfurter Gutleutviertels. Diesen Platz muss man schon kennen und mögen, um ihn anzusteuern.

Der Opel GT biegt von der Gutleutstaße auf ein Betriebsgelände ab, driftet über den Schotterplatz und rotzt dabei den Kies der Zufahrtsstraße an die Betonwand des Bauschuttlagers. So was macht ihm trotz seines Alters immer noch Spaß, dem kleinen Racker! Der Opel stürzt sich in die Senke der Fahrbahn runter zum Main, driftet in die Kurve zur Uferstraße und schleudert mit einer Hundertachtzig-Grad-Drehung millimetergenau zwischen zwei Blumenkübeln der Urban-Gardening-Initiative in eine Parkplatzbucht am Mainufer.

»Müsst ihr hier immer so reinheizen?«, schnauzt uns Gustav an.

»Sorry, du kennst ihn ja. Je älter er wird, desto eigensinniger wird er«, versuche ich meinen vierzig Jahre alten Freund zu entschuldigen.

»Wenn hier was zu Bruch geht, kriegt der Opel Hausverbot. Dann könnt ihr draußen auf der Gutleutstraße parken. Schreibt euch das hinter die Außenspiegel.«

Schuldbewusst klappt der Opel seine Schlafaugenscheinwerfer runter. Ohne meine Bestellung abzuwarten, marschiert Gustav in sein Büdchen und karrt zwei Flaschen Binding Export an.

»Und sonst, Meister?«, erkundigt sich Gustav nach

meinem Befinden, durch die beruhigende Aura der Halbliter-Gerstensafteinheit schon friedlicher gestimmt. »Schlechten Leut geht's immer gut«, antworte ich auf seine immer gleich blöde Frage mit der immer gleich blöden Antwort.

Ihm bekannte männliche Kunden beehrt Gustav mit der Anrede »Meister«. Unbekannte männliche Kunden nennt er »Chef«. Frauen spricht er mit »Dame« an. Wenn eine Frau etwas bestellen möchte, läuft das so ab: Gustav senkt seinen Kopf und blickt die Frau von unten aus seinen rot geäderten Augäpfeln an. Wenn er sich sicher ist, dass die Drahtlosverbindung zu der Kundin steht, bittet er mit einem »Die Dame?« um die Bestellung. Dabei klingt er wie ein Straßenbahnschaffner aus Kaiser Wilhelms Zeiten.

»'ne Rindswurst«, bestellt die Frau vielleicht.

»Eine Rindswurst, die Dame«, wiederholt dann Gustav. Die Wiederholung der Bestellung ist als Geste der Höflichkeit gemeint, mit der er seiner Kundin bestätigt, dass ihre Bestellung respektvoll aufgenommen wurde. Dann fummelt er aus einer Plastikpackung eine Rindswurst und erhitzt die Gref-Völsing-Wurst in der Mikrowelle.

Es ist schwer zu beurteilen, ob Gustav die gestelzte Art, Bestellungen aufzunehmen, ironisch meint. Vermutlich weiß er das selber nicht. Das ist auch wurscht. Das abwegige Gebabbel passt einfach hierher.

»Was zu essen, Meister?«

»Danke, später. Der Meister braucht wieder mal ein paar Informationen von dir. Sagt dir die Nation Of The Beautiful was?«

Gustav zieht sich eine Camel ohne aus meiner

Packung, kramt ein Feuerzeug aus seiner Hosentasche und lässt die filterlose Kippe mit einem stabilen Lungenzug aufknistern. Er wartet mit seiner Antwort, bis der ICE über die Eisenbahnbrücke gefahren und der kreischende Lärm der Wagen verebbt ist.

»Persönlich kenne ich zwei von denen. Italiener. Sie gehören zur Schlipsträgerfraktion der Banker und Broker, die hier abends aufkreuzen, um sich vom Businessstress zu erholen. Die beiden bleiben am liebsten unter sich. Hängen über ihren Laptops und dealen mit irgendwas. Einmal, als sie ein paar Gläser zu viel hatten, wollte sich einer von ihnen mit mir über meine Speisekarte unterhalten. Er hat sich über unsere Küche lustig gemacht, hat mir und groß und breit erklärt, welche Nahrungsmittel positiv aufgeladen sind und welche nicht und dabei von seinem Verein der Nation Of The Beautiful erzählt. Er ist der Sprecher der Deutsch-Italienischen Handelsgesellschaft. Er heißt Cornetto Caretta. Ein kleiner, öliger Typ. Mit so einer nostalgischen Hornbrille und nach hinten gegelten Haaren.

Der andere Italiener ist so etwas wie sein Assistent. Oder Bodyguard. Ein großer Kerl, nicht mehr jung, um die fünfzig. Kräftig, aber nicht fett. Er hat ein richtiges Metzgergesicht mit grauen Augenrändern. Wie der Typ bei ›Der Pate‹, dieser Schrank, dessen Hand mit dem Messer an der Theke festgenagelt wird. Der Typ redet nicht viel und nickt nur, während der Kleine pausenlos auf Italienisch auf ihn einquasselt.«

»Weißt du was über den Verein selbst, die Nation Of The Beautiful?«

»Die sind hier in Frankfurt noch nicht lange aktiv.

Ursprünglich kommen die aus England. Ende der Sechzigerjahre, zu Hippiezeiten, waren die in London eine Hausnummer. Der Verein hat irgendwas mit Naturreligionen zu tun, mit Stonehenge und keltischen Riten. Die haben sich seinerzeit mit Pflanzen, Kräutern und irgendwelchen Pilzen zugedröhnt, die ihnen den absoluten Durchblick gebracht haben. Die ›Nation‹ hat wieder an Bedeutung gewonnen, nachdem Essen in den letzten paar Jahren zu einer Weltanschauung geworden ist. In Frankfurt wird der Verein von einem Unternehmer finanziert, der bekannt ist als ›der Konsul‹. Der Konsul ist ein Networker mit guten Verbindungen zur Stadt Frankfurt und zur Landesregierung. Als ›echter Frankfurter Bub‹, wie er sich in der Presse gern nennt, sponsert er die Eintracht. Konsul Hofgeier ist eine Person des öffentlichen Lebens. So sagt man doch, oder?«

»Das mit der Person des öffentlichen Lebens habe ich heute schon mal gehört.«

»Äh, okay«, nickt Gustav. Er ist nicht weiter an der Sache interessiert, öffnet mir ein neues Binding Export und geht seinen Geschäften nach.

Die nächsten Stunden hänge ich am Mainufer ab. Ich fläze mich in eine der Sitzgelegenheiten aus dem Sammelsurium von Sperrmüllstühlen, die Gustav am Flussufer aufgestellt hat und denen seine Trinkhalleninitiative hier einen menschenwürdigen Lebensabend bereitet. Bevor sie endgültig zusammenkrachen und vor Ort als Feuerholz bei Gustavs legendären Grillabenden verheizt werden.

Die Trinkhalle am Main ist der ideale Platz, um in Ruhe abzuhängen. Meist sitze ich allein, schaue auf den

Fluss und meditiere bei einer Flasche Binding Export und einer Camel ohne Filter. Die Lastschiffe, die langsam flussauf- und abwärtstuckern, bieten meinen Sehnerven das richtige Maß zwischen Abwechslung und Gleichförmigkeit, um über meine laufenden Ermittlungen nachdenken zu können. Die sogenannte Ermittlungsarbeit eines Detektivs besteht nämlich nicht nur aus Ermitteln und Arbeit. Ernsthafte Ermittlungsarbeit läuft schon gar nicht so ab wie in den Thrillern, in denen Matt Damon, Daniel Craig, Til Schweiger oder sonst wer wie die Bekloppten durch die ganze Welt rasen. Um in San Francisco, Hongkong oder Florenz irgendwem den Frack vollzuhauen. Ohne überhaupt zu wissen warum.

Bevor man als Detektiv irgendwo aufkreuzt und zuschlägt, muss man eine Idee haben, warum ein Gegner ausgeknockt werden sollte. Und Ideen bekommt man durch das Einwirkenlassen von Erlebnissen. Also in Erlebnispausen. Anders ausgedrückt: beim Nichtstun. Bezahltes Nichtstun ist folglich die vornehmste Pflicht eines guten Detektivs.

Ein metallisches Geräusch aus Richtung des Opel GT weckt mich auf. Die Julisonne steht tief am Himmel. Der Opel glotzt mich mit hochgeklappten Scheinwerfern vorwurfsvoll an. Er hat ja recht: Wir können nicht den ganzen Tag mit Ermittlungsarbeit verbringen. Es wird Zeit, uns auf den Termin heute Abend vorbereiten. Um zwanzig Uhr sollen wir beide im Haus Spirutopia, der Zentrale der Nation Of The Beautiful im Frankfurter Westend, auf der Matte stehen.

»Meinst du, du bekommst es hin, nicht so sehr nach

Imbissbude auszusehen, Jürgen?«, hat mir meine Auftraggeberin mit auf den Weg gegeben. Das sollte kein Problem sein. Bevor ich auf der Veranstaltung aufschlage, werde ich nach Hause fahren, duschen und mir ein schickes Shirt ohne Soßenflecken anziehen. Von Gustavs Trinkhalle bis zu meinem Loft in der alten Gummistiefelfabrik sind es knapp zwei Kilometer. Die Gebäude, die auf dem Gelände der ehemaligen Fabrik im Gutleutviertel stehen, warten schon seit Jahren darauf, abgerissen zu werden. Der Termin wurde immer wieder verschoben, weil man sich nicht über die Nutzung der Immobilie einig werden konnte. Als ich in das Loft eingezogen bin, gab es auf dem Gelände kaum Wohnungen. Die leer stehende Fabrik war in Parzellen unterteilt und als Lagerfläche oder an Autowerkstätten vermietet. Außer mir und einem Künstler, der in seinem Atelier übernachtete, wohnte auf dem Gelände niemand. Mittlerweile nutzen immer mehr Jungunternehmer die Gebäude als Geschäftsstandort und gleichzeitig als Wohnort. Jetzt sind meine Nachbarn Hipster, die Kaffeebohnen rösten, Salat zu Saft verarbeiten, Naturpapierpostkarten mit der Handpresse drucken und ihre Produkte im Internet verkaufen.

Die Hipster in unserem Fabrikareal kann man an dem besonderen Bedacht, mit dem sie das Erscheinungsbild eines echten Working Class Hero nachzustellen versuchen, von den echten Arbeitern unterscheiden. Die neuen Helden der Arbeit sind einfach zu schön, um wahr zu sein. Ihre Vollbärte sind gebürstet und die Fingernägel, mit denen sie ihre Hipster-News ins iPad tippen, sind blitzblank. Hipster-Frauen und Hipster-

Männer sehen sich abgesehen von den Bärten ziemlich ähnlich. Beide Geschlechter tragen Brillen mit massiven Kassengestellen, die natürlich keine Kassengestelle sind, sondern teure Ray-Bans. Frauen wie Männer binden ihre Haare zu einem Dutt. Unter den hochgekrempelten Ärmeln ihrer Flanell-Hemden prangen bunte Tattoos. In der Etage unter mir wohnen und arbeiten zwei dieser Exemplare. Die beiden haben ihre eigene Firma, heißen Annika und Niclas und sind sehr zurückhaltende Menschen. Wovon die beiden leben, weiß ich nicht. Ich glaube, sie handeln mit irgendwelchen Sachen, die sie in Fernost produzieren lassen und in Europa über eBay verticken.

Die zwei arbeiten und leben nach festgelegten Zeitabläufen. Dienstagvormittags sind sie in der Hundeschule. Diesen Termin habe ich im Kopf, weil ich an diesem Tag für die beiden den Gemüse-Abo-Korb von Demeter annehme. Annika und Niclas sind Veganer. Außerdem eingefleischte Frischluftfans. Obwohl es in der Frankfurter City meiner Meinung nach überhaupt keine Frischluft gibt, sitzen sie, sobald es das Wetter zulässt, mit ihren Macs in der Vintage-Hollywoodschaukel draußen im Hof. Wie gesagt, Annika und Niclas sind, was persönliche Kontakte angeht, zurückhaltend. Ganz im Gegensatz zu ihren beiden großen Hunden, Frida und Karlo. Sie beschnüffeln jeden, der vorbeikommt, im Schritt.

Zwei Stockwerke unter dem Loft von Niclas und Annika, im Parterre des Fabrikgebäudes, wohnt die Hausmeisterfamilie Hegemann. Bestehend aus Mutter und Tochter. Die beiden sind Frankfurter Originale.

Schwergewichtige Originale. Zusammen bringen die Hegemanns mehr auf die Waage als die Wildecker Herzbuben. Bedauerlicherweise können die beiden Hausmeisterinnen nicht das warmherzige Gemüt unserer beliebten hessischen Volksmusiker ihr Eigen nennen. Mutter Hegemann ist grundsätzlich mit übler Laune unterwegs, dafür aber mitteilungsbedürftig. Eine unglückliche Mischung. Wenn man ihr auf dem Gelände begegnet, findet sie immer etwas, worüber sie sich beschweren kann. Die Tochter beweist mit gleicher Figur und missmutiger Miene die Familienzugehörigkeit. Ganz anders aber als ihre Mutti ist sie, kommunikativ gesehen, ein Leichtgewicht. Sie spricht nie, wirklich, absolut nie. Stattdessen starrt sie einem ausdauernd in die Augen. Man weiß über die Tochter Hegemann, dass sie Jule heißt und Stabheuschrecken in einem Terrarium züchtet. Aber nicht nur das. Diese Information und andere, weit persönlichere Dinge macht die Mutter Hegemann für alle Gummistiefelfabrikbewohner gern zugänglich, indem sie ihre Weisheiten über den Fabrikhof brüllt. Eben hallt es vom Treppenhaus: »Jule, bring ma die Wäsch mit runner. Au die neue Schlüpper, wo mir beim KiK gekauft ham!« Unvermittelt wechselt Mutter Hegemann ins Hochdeutsche und zurück: »Wir wollen die Unterwäsche vor dem Tragen lieber in die Waschmaschine stecken. Bei dene Textilien aus Bangladesch steckt doch noch die ganze giftische Chemie drin! Stimmt's, Jule?«

Bester Laune federe ich in einer frisch gebügelten Jeans und meinem Eintracht-Trikot die ausgelatschte Fabriktreppe herunter. Auf der letzten Kehre der Treppe versperrt mir Mutter Hegemann den Weg. Frau Hegemann hat ihren Wäschekorb in die Hüfte gestemmt und blockiert damit die volle Treppenbreite. An ein Vorbeikommen an der Facility-Managerin aus der untersten Etage ist nicht zu denken.

»Ei, Herrn MägBreid, was hammern uns widder fein gemacht!« Sie kneift die Augen zusammen und lächelt. Ein schiefer Spalt in der unteren Gesichtshälfte, ein Grinsen wie mit einem Axtschlag in eine Wassermelone gehauen. Ich weiß nicht, was ich auf ihre dumme Anmache antworten soll und warte auf die übliche Beschwerde. Aber es kommt nichts. Mutter Hegemann lässt keine ihrer üblichen Tiraden über Sauberkeit und Ordnung vom Stapel. Stumm rührt sie sich nicht von der Stelle. Offensichtlich genießt sie die Situation. Sie fühlt sich wohl im Bewusstsein ihrer Masse und ihrer Position. Eine Situation wie beim Schachspielen. Man schubst als schmaler Läufer eine Dame nicht einfach vom Brett. Zumal, wenn es sich bei der Dame um ein Exemplar von hundertfünfzig Kilogramm Lebendgewicht plus dreißig Kilo feuchter Unterwäsche handelt. Und das weiß diese Dame genau.

»Sagen Sie mal, Frau Hegemann«, frage ich mit Blick auf den tropfenden Wäschekorb, »sind das nicht diese schicken Slips, die es gestern bei KiK im Angebot gab?«

Frau Hegemann staunt: »Woher wisse Sie denn so ebbes?« Sie blickt in ihren Wäschekorb und dreht sich dabei leicht zur Seite.

Das öffnet mir eine Lücke, um an der Frau mit den feuchten Schlüpfern vorbeizuschlüpfen. »Schönen Abend, gnädige Frau!«

»War des vorhin Blut auf ihrm Hemd, Mägbreid?«, ruft sie mir hinterher.

»Das war Ketchup. Curryketchup, wenn Sie's genau wissen wollen. Sie gucken zu viel Fernsehen, Frau Hegemann.«

Bevor die schwere Ausgangstür hinter mir zufällt, sehe ich Hegemann senior, wie sie mit Zeigefinger und Mittelfinger der rechten Hand abwechselnd auf ihre Augen und auf mich deutet. Die Frau guckt wirklich zu viel Fernsehen.

# SPIRUTOPIA

*Montag, sechster Juli, Frankfurt-Westend, Altkönigstraße*

In zwanzig Minuten beginnt die Veranstaltung der Nation Of The Beautiful, die mir meine Auftraggeberin empfohlen hat. Der Vortrag wird auf der Website der Gemeinschaft mit dem Titel »Die spirituelle Energie unserer Schwester Pflanze« angekündigt. Die Veranstaltung findet in der Zentrale des Vereins, im Haus Spirutopia statt. Der Opel und ich parken gegenüber der alten Villa im Frankfurter Westend, einem Viertel mit zahlreichen Altbauten aus der Gründerzeit.

Alte Gebäude sind in Frankfurt eine Seltenheit. Dass einige der alten Villen gerade hier im Frankfurter Westend stehen geblieben sind, hat zwei Gründe. Zum einen wurde das Westendviertel bei den Bombardierungen im Zweiten Weltkrieg ausgespart. Es war im Vergleich zu anderen Stadtvierteln mit Industriebauten oder einer dichteren Wohnbebauung kein lohnendes Ziel. Der andere Grund für den Erhalt der Altbauten im Frankfurter Westend sind die Hausbesetzungen der Achtundsechziger und die Aktionen der Sponti-Szene um

Joschka Fischer und Daniel Cohn-Bendit. Banken und Versicherungen hätten, um das Jahr 1970 herum, die alten Villen gern plattgemacht und an ihrer Stelle Geschäftsbauten, wie etwa das Hochhaus der Zürich Versicherung am Opernplatz, errichtet. Die Sponti-Szene der Frankfurter Goethe-Universität hat das damals mit Hausbesetzungen verhindert.

Diese Geschichte ist mittlerweile aber auch schon wieder Geschichte. Ein Teil der ehemaligen Studenten aus den Soziologieseminaren der Goethe-Uni, die 1970 in Wohngemeinschaften die Westend-Villen besetzten, bewohnt heute noch dieselben Häuser. Aber natürlich nicht mehr als Street Fighting Men, sondern als Rechtsanwälte, Politiker oder Journalisten. Die alten Kämpen des Frankfurter Häuserkampfs sitzen heute in den ehemals besetzten Altbauten in ihren Eigentumswohnungen auf restauriertem Fischgrätparkett in Eames Lounge Chairs und üben bei einer Flasche Montepulciano Kapitalismuskritik.

Der andere Teil der ehemaligen Hausbesetzer, der es nicht geschafft hat, sich im Frankfurter Kulturbetrieb zu etablieren, wohnt in Einzimmerwohnungen im alten Uni-Viertel Bockenheim zur Miete, verkauft Bücher in Bananenkisten auf dem Flohmarkt und studiert die Anzeigenblättchen von Aldi nach Sonderangeboten für Nudeln und Schnaps.

An den Kotflügel des Opel GT gelehnt, klopfe ich am Fahrerspiegel eine Camel aus dem Softpack und beobachte die Seminarteilnehmer, die nach und nach eintreffen. Wenige Minuten vor Beginn der Veranstaltung drängen sich ihre Fahrzeuge auf der engen

Straße vor der Villa Spirutopia. Autos jeder Preisklasse schleichen im Schritttempo auf der Suche nach einem Parkplatz am Eingang der Villa vorbei. Ein rostiger Renault-Kastenwagen fädelt ebenso wie ein nagelneuer Tesla in die Parklücken ein. Ich schnippe die Camel in die Botanik und überquere die Straße. Eine Radfahrerin klappert auf ihrem Hollandrad über das Kopfsteinpflaster, bimmelt mich mit ihrer Fahrradklingel von der Gasse und biegt mit Schwung in den Hof des Hauses Spirutopia ein. Als sie ihr Fahrrad abschließt und ich an ihr vorbeigehe, blitzt ein grünes Augenpaar auf.

Gemeinsam mit den jetzt zahlreich eintreffenden Personen schiebe ich mich in den Eingang und versuche dabei, so wenig wie möglich aufzufallen. Wir betreten die weiße Villa durch einen Windfang. Der verglaste Eingang ist dekoriert wie eine Voodoo-Hauskapelle. An Hanfseilen hängen Naturfundstücke wie durchbohrte Steine, Muscheln und Pflanzenteile von der Decke. Die Teilnehmer, etwa fünfzig Personen, treten in einen Versammlungsraum und finden sich schnell in kleinen Gruppen zusammen. Sie sind untereinander bekannt und begrüßen sich herzlich. Isoliert stehe ich in der Gegend herum. Ich mache mich an einem Aufsteller mit Info-Flyern zur esoterischen Lebensführung zu schaffen und versuche, meine Anwesenheit in dem Vereinsraum damit irgendwie plausibel erscheinen zu lassen. Eine schlanke Person mittleren Alters, eine Frau, deren gesunder Gesichtsfarbe man ansieht, dass sie sich viel im Freien bewegt, löst sich aus der Gruppe. Mit einem betont freundlichen Gesichtsausdruck schreitet sie zielstrebig auf mich zu. Wie die Empfangsdame eines Hotels.

»Herzlich willkommen, mein Lieber! Kann man dir irgendwie helfen?«, will sie wissen und tritt nahe an mich heran.

»Mein Name ist McBride. Jürgen McBride. Ich bin hier, um mir den Vortrag anzuhören. Mit Schwester Pflanze und so«, antworte ich und weiche einen Schritt zurück.

»Schön, Jürgen, sehr schön. Am ersten Montag im Monat, also heute, ist unser Treffen aber eher ein Seminar zum Mitmachen als ein Vortrag. Du solltest deshalb ein Stück weit fähig sein, dich zu öffnen und dich an unseren Übungen zu beteiligen. Bist du dazu bereit, Jürgen?« Die Frau ist wieder näher herangerückt und steht mir direkt unter der Nase. Wie ein Ausbilder im Boot-Camp. Meine Antwort wird von einem Gong übertönt, den ein Jüngling mit Mondgesicht und Fusselbart vorn im Raum anschlägt. Die Teilnehmer beenden ihre Gespräche, ziehen ihre Schuhe aus und nehmen auf einem der auf dem Holzboden aufgereihten Kissen Platz. Umstandslos greift mich die Frau am Ellenbogen und führt mich zu dem Platz neben der Hollandradfahrerin. Ich ziehe meine Reebok-Sneakers aus und kauere mich auf den Boden. Die Hollandradfahrerin mit den rotblonden Locken und den Sommersprossen mustert mich von der Seite. Ich erwidere ihren Blick und stelle mich vor: »Ich bin der Jürgen. Jürgen McBride.« Die junge Frau kann ein Kichern nicht unterdrücken und stellt sich mit ihrem Namen vor. »Michelle.«

»Michelle« formen meine Lippen tonlos ihren Namen. Ein weiterer Gongschlag ertönt von der niedrigen Bühne und ruft die Teilnehmer zur Ordnung. Mich aber ruft er zurück vom Planeten Venus.

Der Vortrag, der mein Leben verändern sollte, beginnt. Die Frau, die mich zu Michelle geführt hat, geht nach vorn auf die Bühne. Sie hebt ihre Hände und gebietet dem am Boden kauernden Publikum Schweigen.

»Wenn du die Wahrheit erkannt hast, so sprich davon«, beginnt die Zeremonienmeisterin ihre Ansprache. »Diese Weisheit schenkte uns der keltische Allvater Baldur selbst in seinen Überlieferungen. Jawohl, jedem einzelnen von uns brachte er die geheiligte Wahrheit. Als Leitlinie, als unser Kompass im täglichen Leben. Möge sein Spirit unsere Community heute Abend begleiten. Aber, hey, Leute, nicht nur heute Abend. Starten wir von hier aus gemeinsam durch ins Jetzt. Zünden wir heute Abend hier in Frankfurt unsere Rakete. Lassen wir alles, was ist, zurück. Und alles, was sein wird, lassen wir vor uns. Meine Lieben, liebe Freunde, kehren wir zurück in die ewige Gegenwart. Schließt eure Augen, öffnet eure Herzen und verbindet euch mit der Göttlichkeit des Lichts. Jetzt!«

Der Augenblick ist perfekt, um die Teilnehmer im Raum mit meinem hochsensiblen Analyse-Scanner zu durchleuchten. Dazu schließe ich meine Augen nur halb und blinzele durch die Wimpern. Der Anteil an Männern und Frauen im Versammlungsraum ist ungefähr gleich. Siebenundachtzig Prozent der Anwesenden sind Akademiker. Zweiundsiebzig Prozent ernähren sich vegan. Vierundachtzig Prozent trinken Rooibostee und behaupten, dass er ihnen schmeckt. Das Durchschnittsalter der Anwesenden liegt bei neununddreißig Jahren. Es gibt auch jüngere Leute, wie zum Beispiel Michelle neben mir.

Wie schon die Autos vor dem Eingang vermuten lassen, haben sich zu dem Seminar Leute mit kleinem Geldbeutel, aber auch solche mit einem richtig dicken Portemonnaie eingefunden. Alle hocken gemeinsam auf dem Fußboden. Trotzdem erkennt man an Kleinigkeiten wie der Stoffqualität der Yoga-Klamotten, am Haarschnitt, an der Körperhaltung, ja letztlich sogar an einem Gesicht mit geschlossenen Augen, aus welchem Stall jemand kommt.

Während der meditativen Übung betritt ein drahtiger Mann den Vortragsraum. Von schwerer Last vornübergebeugt, schleppt er einen großen Weidenkorb mit Grünzeug auf die Bühne und setzt ihn ab. Er stellt sich neben die Zeremonienmeisterin. Der Gong ertönt erneut und ruft die Meditierenden zurück nach Mittelerde, in die bundesdeutsche Gegenwart im Jahr 2015.

»Wer sind denn die zwei da vorne?«, erkundige ich mich bei Michelle.

»Die Frau ist die Executive der Nation Of The Beautiful im Chapter Deutschland Süd. Sie heißt Carola Liebernicht. Und das ist Jo, unser Transmitter.«

»Transmitter? Was ist denn das?«

»Das wird er gleich erzählen. Versuch's mal mit zuhören.«

Carola Liebernicht stellt uns Jo, den Transmitter, vor: »Viele von euch kennen Jo schon aus früheren Seminaren. Erinnern wir uns, meine lieben Freunde:

Hier im Haus der Wahrheit, in diesem Raum, haben wir an seiner Seite die Grenzen des Alls überschritten. Wir wanderten gemeinsam über die Regenbogenbrücke, hinweg über den steinernen Fluss der Wirklichkeit hinüber ins ›Alles oder Nichts‹. Unter Führung seiner sehenden Hand haben wir den Saum des Lichtkleides der Göttin Achele berührt. Wir haben unsere verstorbenen Parallelexistenzen kennengelernt. Gemeinsam wandelten wir auf schmerzvollen, aber auch lustvollen Pfaden zurück in die Vergangenheit des eigenen Ichs. Dank sei Mother Nature und ihrem uneigennützigen Diener Jo. Lasst bitte eure herzenswarme Verbundenheit mit unserem Transmitter durch den Raum schwingen. Ich will euch jetzt alle spüren.«

Die Veranstaltungsleiterin fordert uns mit Ruderbewegungen auf, unsere warmen Schwingungen vor zur Bühne zu schicken. Jo nimmt die Huldigungen würdevoll entgegen. Der Gemüsepriester verbeugt sich, indem er seinen Oberkörper mit vor der Brust gekreuzten Armen in Richtung Publikum neigt. In der Art, wie Schauspieler sich nach einem Theaterstück verbeugen. Mit geradem Rücken und ohne den Nacken zu biegen.

»Im letzten Jahr ist es ein wenig still geworden um unseren Schamanen«, fährt Carola Liebernicht in gedämpftem Ton fort. »Jo zog sich für einige Monate zur Meditation nach Österreich in ein Salzbergwerk zurück. Aber heute, right now, sind wir der Vorsehung dankbar, dass die Mächte des Guten unseren verehrten Bruder zurück in unsere Mitte geführt haben. Und nun, meine lieben Freunde, lasst uns mit Jo aufs Neue den Schritt in das Land unseres gemeinsamen Gestern wagen. Lieber Jo, get the party started!« Sie weist auf Jo, den Hauptdarsteller des Abends. Ich erwarte, dass der verlorene Sohn jetzt mit einem fetten Applaus begrüßt wird. Damit ich in dem Kreis der Seminarteilnehmer nicht als Fremdkörper wirke, klatsche ich kräftig in die Hände. Leider applaudiert außer mir niemand. Im Gegenteil, die Seminarteilnehmer verharren in einer meditativen Körperhaltung und lassen die Hände auf den Schenkeln ruhen. Mein letzter Klatscher rutscht einsam die Seminarwand herunter. Einige Teilnehmer schütteln unwillig mit dem Kopf. Michelle atmet mit geblähten Backen laut aus.

Frau Liebernicht deutet zu mir herüber. »Ich habe ganz vergessen, dass wir heute, an unserem Spiritual Monday, neue Gäste bei uns haben. Mein Lieber, darf ich dich fragen, wer du bist und wie du deinen Weg hier zu uns ins Haus der Wahrheit gefunden hast?«

»Ich heiße Jürgen und bin mit dem Opel hier«, antworte ich wahrheitsgemäß.

»Äh, nun gut, lieber Freund, das meinte ich nicht. Es ist bei uns unüblich zu klatschen. Ganz und gar nicht üblich. Klatschen verwirbelt die Frequenzen unserer Energiefelder. Das konntest du natürlich nicht wissen. Wir machen am besten Folgendes: Michelle, wärst du so nett und nimmst unseren neuen Gast heute Abend mal ein bisschen am Händchen?«

Michelle zuckt mit den Schultern und raunt zu mir rüber: »Verhalte dich einfach ruhig. Schau, was ich mache, und mache es mir nach.«

»In Ordnung«, antworte ich brav.

Inzwischen hat der Magier Jo sein Hemd abgelegt und steht, nur mit einer weit geschnittenen Hose aus Nesselstoff bekleidet, barfuß vor uns auf der Bühne. Jede Sehne, jeder Muskel zeichnet sich auf seinem hageren, nicht mehr ganz jungen Oberkörper ab. Mir scheint, dass ich den Mann von irgendwoher kenne. Weniger aufgrund seiner asketischen Figur als vielmehr wegen seines Gesichtsausdrucks. Der Mann hat einen selbstbewussten, eindringlichen Blick. Jo blickt uns auf eine Weise an, als wisse er, was in uns vorgeht. Als ob er amüsiert wäre über das, was er in unseren Gesichtern und dahinter lesen kann. Dieser Jo da vorn auf der Bühne hat definitiv etwas Napoleonisches an sich.

Ich kenne diesen speziellen Blick von einem Typen aus einer Kneipe in Frankfurt-Bockenheim, in der ich Ende der Neunziger rumhing. In der Kneipe Doktor Flotte gab es einen Thekensteher, den alle »Jo« nannten. Er saß den ganzen Abend in sich gekehrt vor seinem Weizenbier und musterte das Kneipenvölkchen. Jo beteiligte sich grundsätzlich nicht an den üblichen Thekengesprächen. Das konnte man ihm natürlich nicht verdenken. Hand aufs Herz: Das meiste, was damals an Frankfurts Theken gebabbelt wurde, wäre besser ungesagt geblieben. Ich schätze, dass sich daran bis heute nicht viel geändert hat. Jedenfalls antwortete der Kerl auf die Frage, ob er noch ein Bier wolle, nicht mit einem ganzen Satz, wie zum Beispiel »Ja, mach mir noch eins« oder »Ich krieg ein Kristallweizen«, sondern immer schlicht mit »Jo«. Damit hatte er seinen Namen weg. Dass Jo sein wirklicher Name war, wussten wir nicht.

Wie auch immer: Der Jo von damals hatte lange, strähnige Haare und war fett. Der Transmitter-Mann da vorne hat eine Glatze und ist schlank wie eine Antilope am Ende der Trockenzeit. Aber der souveräne, geringschätzige Gesichtsausdruck ist der gleiche geblieben, egal ob an der Theke einer Eintracht-Kneipe oder auf der Bühne dieser esoterischen Heimstätte.

Der aktuelle Jo streckt seine sehnigen Arme zum Publikum, das ihm mit gleicher Geste antwortet. Er stößt ein tiefes Brummen aus, das immer lauter wird und in einen markerschütternden Schrei mündet, an dessen Ende er sich mit beiden Fäusten auf seine Brust schlägt. Dann nimmt sein Gesicht einen milden, versöhnlichen Ausdruck an und sein kantiger Iggy-Pop-Körper entspannt sich. Das Publikum stöhnt nach dem Faustschlag auf, löst sich aus der knieenden Haltung und macht es sich auf den Yogakissen bequem. Jo greift sich das Mikrofon und startet seinen Vortrag. Er spricht mit einer eindringlichen Stimme, klar und akzentuiert wie ein Radioreporter aus den Fünfzigerjahren. Mit leicht österreichischem Einschlag.

»Liebe Freunde, vor zehn Minuten war ich noch im alten Salzburg. Wenn ich sage im alten Salzburg, dann wisst ihr, dass ich damit nicht die Altstadt von Salzburg meine. Nicht das Salzburg von heute. Nicht diesen verkitschten Fleck mit den für den Kommerz rausgeputzten Fassaden. Ich meine nicht die Zuckerbäckerstadt mit den leeren Blicken aus tausend toten Schaufensteraugen. Ich meine nicht das Disneyland, das Plastikland, in dem amerikanische Touristen Mozartkugeln einkaufen und sich im Fiaker herumkutschieren lassen.« Jo deutet ein Lächeln an und zuckt mit den Schultern. »Wir haben einen heiligen Ort für eine Tüte Mozartkugeln verkauft.«

Das Publikum schmunzelt.

»Nein. Ihr wisst, ich meine das alte Land. Das Land, in dem unsere Vatersväter, die Kelten, das weiße Gold, das Sal, mit der Harke dem Berg entrissen und auf ihren starken Rücken bis nach Island trugen. Das Tal, in dem viertausend Jahre lang die Gesetze der Kelten galten, bevor sie von den dekadenten Römern und dann von den US-Amerikanern verwässert und weggespült wurden. Ich rede von der alten Heimat und der alten Zeit, als Baldur, unser heiliger Führer und Allvater mitten unter uns weilte. Oh Baldur!« Jo senkt sein Haupt. »Ich sah ihn heute Morgen, sprach mit ihm.«

Jo lässt diese erstaunliche Botschaft zwei Atemzüge lang auf uns wirken.

»Eure Kraft rief mich zurück. Bin wieder mitten unter euch. Dank euch recht herzlich. Werde Kunde geben aus der alten Zeit. Aus der Zeit, in der im Rechte der Natur gelebt wurde, nach dem Willen der alten Götter. Seite an Seite mit Bruder Tier und Schwester Pflanze.«

Jo lässt seine allwissenden Augen durch den Raum gleiten.

»›Bruder Tier? Was soll das denn heißen?‹ So denkt vielleicht mancher von euch. ›Übertreibt er da nicht, der Jo? Ja, spinnt er jetzt, der Jo?‹, denkt da vielleicht mancher.«

Jo schaut zur Decke, lässt die Handflächen entschuldigend nach oben schnellen und deutet ein Lausbubenlächeln an. Gelächter im Publikum. Sofort wird der

Transmitter wieder ernst. Er schreit den nächsten Satz fast, strafft seinen Arm und deutet mit gestrecktem Zeigefinger nach draußen zur Straße.

»Aber geht raus, schaut in die Augen eines Vogels, schaut in die Augen eines Hundes, schaut in die Augen einer Kuh. Ja, schaut in die Augen einer Biene. Wer von euch seinen Bruder nicht erkennen kann, dessen Herz ist aus Stein.«

Jo atmet tief durch. Das Publikum atmet mit.

»Doch das Tier, die Wesenheit, die uns Menschen am nächsten ist, ist diesmal nicht unser Thema. Halt! Bevor der Jo jetzt was Falsches sagt: Alle Wesenheiten sind uns gleich nah. Denn wir sind alle eins. Kommen aus Einem. Gehen in Eins. Freilich, Bruder Tier ist uns am ähnlichsten. Durch seine Augen schreiten wir auf dem kürzesten Weg vor die Augen unserer Götter, schreiten aus der Zeit heraus direkt vor das Angesicht Midirs und Acheles. Und Schwester Pflanze? Sie nährt uns, sie heilt uns. Sie ist das Geschenk, das die ewig Lebenden uns gegeben haben. Schwester Pflanze stillt unseren Hunger, sie gibt sich hin, sie stillt uns, sie spricht zu uns.« Jo lässt seine Sätze auf das Publikum wirken und fährt fort: »Haben Pflanzen ein Bewusstsein?«, so hörte der Jo neulich in so einer TV-Show einen sogenannten Wissenschaftler fragen. Benutzen Wissenschaftler ihre Ohren, benutzen sie ihr Herz? Dann bräuchten sie nicht so dumme Fragen zu stellen! Hören wir die Sprache von Schwester Pflanze. Lernen wir, sie besser zu verstehen. Wir alle zusammen heute Abend. Hier im Haus der Wahrheit!«

Jo schweigt kurz und blickt sich um.

»Niemand«, er schreit dieses Wort, »niemand kann die Wirkung unserer Schwester Pflanze bestreiten. Das müssen sogar diejenigen anerkennen, die Kartoffeln auf den Augen haben. Kamille schenkt uns Ruhe und Sanftmut, Brennnessel peitscht uns mitten hinein ins Leben. Jede Pflanze hat ihre Wesenheit und jede Wesenheit hat ihre Pflanze. Wie alle Frauen ist Schwester Pflanze auf keinen Fall wehrlos. Sei also vorsichtig, Jo! Flieg mit der geilen Tollkirsche, aber flieg nicht zu hoch, mein kleiner Freund. Sonst machst du den Abflug.«

Der Prediger gönnt sich eine Atempause.

»Als ich heute Morgen im alten Land, in Jötunheim, mit Baldur sprach – das war nach unserer Zeitrechnung etwa vor dreitausendachthundertfünfzig Jahren – gab er mir diesen Korb mit.« Jo deutet auf den großen Weidenkorb mit allerlei Gemüsesorten, Blattpflanzen und Blumen. »Werde jetzt Verbindung zu unserem Allvater Baldur herstellen. Er wird jedem einzelnen von euch die besondere Pflanze zueignen, die eurer Seele innewohnt. Diese Pflanze sei euer heiliges Totem und möge es bleiben. Für immer. Nun denn: Wie ihr mich vorhin zu euch rieft aus dem ewigen Gestern, so schicket mich nun dahin zurück. Denkt daran: nicht ich, der Jo, ein schlichter Mensch mit bescheidenen Kräften, wird euch euer Totem reichen, sondern der Allvater Baldur selbst beschenkt euch durch meine dienende Hand. Wer von euch die liebliche blaue Blume erhält, der folge mir heute Nacht in mein Lager. Wer aber die bittere Wurzel in seinem Herzen trägt, der sei ein Ausgestoßener, denn vergiftet ist sein Trachten und unrein sein Begehr! Nun setzt euren Fuß mit mir auf die Regenbogenbrücke, höret die Rufe eurer Müttersmütter und folget ihnen williglich.«

Jo schließt seine Augen, streckt seine Arme vor und lässt sie tastend kreisen. Wie ein Kind beim Blinde-Kuh-Spiel. Alle Teilnehmer, also auch ich, ahmen seine Geste nach. Erneut lässt Jo ein animalisches Brummen hören, das sich in ihm zu einer körperlichen Anspannung steigert, die wir alle nachempfinden. Am Höhepunkt dieser Anspannung stößt er einen markerschütternden Schrei aus und drischt sich mit beiden Fäusten auf seine Brust. Die Gemeinde sackt in sich zusammen.

Jos Gesichtszüge sind entrückt, mit dem Anflug eines Lächelns, als er mit dem dreitausendachthundertfünfzig Jahre alten Gemüsekorb losmarschiert. Wie ferngesteuert läuft er durch die Reihen der Seminarteilnehmer. Mit erstaunlicher Präzision wirft er die beseelten Pflanzen den dazu passenden Menschen zu. Michelle fällt ein kleiner Strauß aus drei gebundenen Kornblumen in den Schoß. Das bedeutet doch nicht etwa, dass … Bevor ich diesen Gedanken zu Ende bringen kann, kracht mir etwas Hartes an die Schläfe und prallt von meinem Schädel ab. Mich haut es vom Yogakissen. Eine dicke Sellerieknolle poltert über den Seminarboden. Jo muss das Gemüse mit voller Wucht geworfen haben. Das werde ich dem Kerl heimzahlen. Diesem Baldur aus Jötunheim genauso wie dem Weizenbier-Jo aus Bockenheim. Michelle schaut mich entsetzt an.

»Oh Gott«, seufzt sie mit Blick auf das böse Omen der bitteren Wurzelknolle.

»Gleichfalls«, entgegne ich und zeige auf das Gute-Nacht-Sträußchen in ihrem Schoß. Ich rolle die handballgroße Sellerie heran. Sie gehört ja jetzt mir. Beim Aufheben bemerke ich, dass ein Zettel an der Knolle pappt. Es ist ein Stück des Klebeetiketts vom Wiegen im Edeka Supermarkt.

Das Gemüse unter den Arm geklemmt, gehe ich nach vorn, um mich von der Seminarleitung zu verabschieden. Mir reicht es für heute mit den »geheimen Botschaften unserer Schwester Pflanze«. Jo ist noch nicht in die Frankfurter Gegenwart zurückgekehrt und steht mit weggeklappten Pupillen, aber grundgütig lächelnd zwischen Vereinsleiterin Carola Liebernicht und dem Shaolingong-Jüngling mit Fusselbart. Ich drücke Jo die Sellerie in die Hand. Der Schamanendarsteller lässt die Knolle durch die Hände auf den Boden fallen und nuschelt in Trance: »Die bittere Wurzel wird keine Ruhe finden. Hüte dich!«

»Man sieht sich, Jo«, antworte ich dem manischen Schamanen.

# MICHELLE, MA BELLE

*Dienstag, siebter Juli, Frankfurt-City, Friedrich-Stoltze-Platz*

Der Opel GT und ich parken um neun Uhr dreißig vor dem Helium, einem Café in der Frankfurter City. Mein Job zwingt mich, mich heute Morgen unter die Bürohengste zu mischen, die jeden Tag aufs Neue aus dem Umland anreisen, um unsere Mainmetropole einen Acht-Stundentag lang zu einer Millionenstadt aufzupimpen.

Hunderttausend graue Gesichter drängen aus unterirdischen Gängen auf Rolltreppen ans Tageslicht, werden von Betontürmen verschluckt und am Abend auf umgekehrtem Weg in die U-Bahnschächte zurückgespuckt. Man kann verstehen, dass die Vorortpendler, die täglich in aller Herrgottsfrühe am Hauptbahnhof ankommen und zu ihrer Arbeit strömen, Frankfurt, unsere Weltstadt ohne Herz, nicht besonders mögen.

Arbeit kann ja überhaupt oft eine sehr unangenehme Sache sein. Das ist bekannt. Deswegen bemühe ich mich, meine detektivische Tätigkeit so angenehm wie möglich zu gestalten. Nicht etwa aus Faulheit – ganz im

Gegenteil. Dass Arbeit Spaß machen soll, dafür gibt es die allervernünftigsten Gründe. Denn nur, wenn ich als Detektiv ein persönliches Interesse an einem Fall entwickle, habe ich ausreichend Motivation, um rund um die Uhr auf ein Objekt fokussiert zu sein. Mit diesem Prinzip des Auto-Coaching, einer von mir an langen Abenden an der Trinkhalle konzipierten Methode, erziele ich optimalste Ergebnisse. Folgerichtig starte ich heute Morgen meine Nachforschungen bei der mit Abstand attraktivsten Person in meinem Ermittlungsumfeld: bei Michelle.

Als ehemaliger Polizist war es easy, Michelles Wohnadresse herauszufinden. Sie wohnt mitten in der Frankfurter City am Friedrich-Stoltze-Platz, an dem auch das Café Helium liegt, vor dem ich gerade sitze. Ihr Hollandrad, mit dem sie mich gestern im Westend fast von der Straße gefegt hat, parkt gegenüber auf der anderen Straßenseite.

Eben tritt Michelle aus der Haustür. Ihre offen getragenen Haare glänzen in der Morgensonne wie Messingspäne. In einem langen, grünen Hippiekleid schwebt sie über den Friedrich-Stoltze-Platz. Riemensandalen gürten sich um die schlanken, hellen Fußfesseln der keltischen Göttin. Sie schreitet in Richtung des Cafés. In den Ritzen der Pflastersteine blühen hinter ihren Schritten Gänseblümchen auf.

Außer mir sitzt kein weiterer Gast im Außenbereich. Sie bemerkt mich sofort.

»Was treibst du denn hier, Jürgen?«

»Ich frühstücke.«

»Zufällig genau vor meiner Wohnung, was? Wir können das Getue ruhig sein lassen. Schon gestern Abend wusste unsere ganze Gruppe, dass du als Privatdetektiv hinter dem Rezept her bist.«

»Aha. Deswegen also das herzliche Willkommen in eurem Verein.«

»Wundert dich das? Du lässt dich benutzen, um irgendeinem reichen Sack das Wertvollste abzuliefern, das es auf der Welt gibt.«

»Welchen reichen Sack meinst du? Außerdem kann ich mir Wertvolleres vorstellen als ein Kochrezept. Apropos benutzen: Habt ihr deine Kornblümchen in eine Vase gestellt?«

»Was? Du meinst, ob ich und Jo …? Nein. Dieser Idiot.«

»Ich dachte, er ist euer lieber Schamane?«

»Ich bezweifle mittlerweile, ob er überhaupt ein echter Schamane ist.«

»Warum?«

Michelle setzt sich und schiebt die runde Sonnenbrille von der Sommersprossennase in ihre Locken. Ich zünde mir eine frische Camel an, blase Rauchkringel in den Morgenhimmel und freue mich auf eine kleine Klatschgeschichte über unseren Weizenbier-Magier. Michelle schweigt. Sie schaut mir beim Rauchen zu und mustert mich. Es fühlt sich an wie ein stummes Zwiegespräch. Ich weiß nicht, was sie schließlich veranlasst, ihr Schweigen zu brechen. Ansatzlos beginnt sie mit der Schilderung des gestrigen Abends.

»Gestern Abend, nach der Veranstaltung, meinte Carola, was für ein großes Glück ich hätte, die Auserwählte zu sein und Allvater Baldur so nahe kommen zu dürfen. Jo war zu diesem Zeitpunkt noch nicht ganz bei sich, noch halb in Trance. In diesem Stadium befindet er sich zwischen der alten Welt und dem, was wir als Gegenwart bezeichnen. Caro und ich haben ihn dann mit unserer Energie ins Jetzt zurückgerufen. Es dauerte, bis er reagieren und Fragen beantworten konnte. Als er die Kornblumen in meiner Hand sah, meinte er: ›Wie schön, mein Kind! Unser Vater Baldur hat also dich erwählt. So folge mir, Michelle.‹ Er brachte mich zu seinem Auto. So ein ausrangiertes gelbes Ding von der Post.«

»Ein Renault Kangoo.«

»Ein was?«

»Ist nicht so wichtig.«

»Wir sind in der Kiste rüber nach Bockenheim gefahren. Sobald wir in dem Auto saßen, war alles verändert. Die Spiritualität, die eben noch im Seminarraum spürbar war, war völlig verschwunden. Die tiefe Verbundenheit, die ich so oft in den Meetings mit unserem Meister erleben durfte – davon war plötzlich nichts mehr übrig. Als hätte man eine unsichtbare Nabelschnur zwischen uns durchtrennt. Im Autoradio lief Radio FFH. Die brachten gerade so eine Art Telefonstreich mit den Radiohörern. Die Situation war unglaublich trivial. Jo grinste während der Fahrt zu mir rüber. Er schien irgendwie verlegen. Ich wusste auch nicht, was ich sagen sollte. Wir hielten dann vor einem Altbau an der Bockenheimer Warte. Seine Wohnung liegt über einer Kneipe. Wohnung ist eigentlich zu viel gesagt. Eine versiffte Studentenbude. Mit Räucherstäbchen, an die Wand gepinnten Indientüchern und jeder Menge leerer Bierflaschen.

Außer einem Bett und einer Bank für Hanteltraining gibt es kaum Möbel in seiner Wohnung. Er erklärte mir, dass er seine irdische Existenz kaum noch wahrnehmen würde und dass es ihm deshalb gleichgültig sei, wo und wie er wohnen würde. Er bot mir was zu trinken an, ein Weizenbier. Ich fragte, ob er ein Glas Wasser hätte. ›Sogar mit Eiswürfeln‹, meinte er. ›Ich mach dir einen Eskimo-Flip!‹ Ich hörte ihn in der Küche in sich hineinkichern. Ich dachte, er lacht über seinen doofen Witz mit dem Eskimo-Flip. So harmlos ging es dann aber nicht weiter. Als er zurück ins Zimmer kam, war er nackt. Nackt bis auf eine Salatgurke, die er neben seinen Schwanz hielt. Du darfst jetzt mal raten, welches Teil länger war. Er drängte mich gegen eine Wand. Da habe ich ihm eins auf die Nase gegeben und bin raus aus der versifften Bude.«

Michelle schließt die Augen und streicht sich die Haare aus Stirn. Sie schaut auf und fragt:»Was ist bloß los mit dem Kerl? Ist er vielleicht noch in Trance gewesen?«

»Der weiß schon, was er tut.«

»Sag mir, Jürgen: Wer ist dein Auftraggeber?«

»Mein Mandant ist anonym. Ich bin über eine Kanzlei beauftragt, das Rezept zu finden. Ich weiß nicht, wer mich bezahlt.«

»Ich kann's mir schon denken, wer da anonym bleiben will.«

»Und wer soll das sein?«

»Konsul Hofgeier. Ihm gehört die Villa Spirutopia.«

»Konsul Hofgeier? Den Namen habe ich gestern schon gehört. Ist das *der* Frankfurter Unternehmer, der die Nation unterstützt?«

»Genau. Bestimmt glaubt er, dass ihm das Rezept

zusteht. So wie er denkt, dass ihm alles zusteht. Er ist ein hohes Tier in der Nation Of The Beautiful. Er ist einer von fünf ausführenden Titanen, die es weltweit in der Nation gibt. Die Leute, die du gestern Abend auf dem Seminar kennengelernt hast, sind alles kleine Lichter gegen ihn. Abgesehen von Caro Liebernicht vielleicht, die auch einen ziemlich hohen Rang in der Community hat. Konsul Hofgeier ist einer der größten Grundbesitzer in Hessen. Auf seinem Landbesitz in der Wetterau liegen Mineralwasserquellen. Sein Geld sprudelt sozusagen aus der Erde. Hofgeier kann sich so was wie eine Kanzlei und Privatdetektive locker leisten.«

»Dann sollte ich meinen Auftraggeber doch höflicherweise mal besuchen.«

»Das dürfte nicht ganz einfach werden. Er wohnt ziemlich abgeschottet. In einem ehemaligen Grand-Hotel in Kronberg. Man weiß wenig über sein Privatleben. Er soll eine ziemlich fiese Type sein. Bevor er sich in Frankfurt niedergelassen hat, war er Konsul, irgendwo in Südamerika. Man sagt ihm Verbindungen zu einem südamerikanischen Militärdiktator nach. Du solltest vorsichtig mit dem Mann sein.«

»Was kannst du mir über das Rezept erzählen, Michelle? Warum konzentriert sich die Jagd auf Frankfurt?«

»Es gibt einen ewigen Kalender, in dem Zeit und Ort des Erscheinens des Rezeptes vorhergesagt sind. Alle Orte sind ehemalige keltische Kultstätten, in ganz Europa verstreut. Von Island bis nach Sizilien. Für das Jahr 2015 ist Frankfurt vorhergesagt worden, ebenfalls eine alte keltische Siedlung. Genau wie Salzburg und

London. London war der letzte Ort, an dem das Rezept aufgetaucht ist. Dort wurde das magische Gericht von drei Auserwählten verspeist. Im Jahr 1965, also vor genau fünfzig Jahren.«

»Wer sind aktuell die glücklichen Nutzer des Rezeptes für die ewige Jugend?«

»Mick Jagger und Keith Richards.«

»Das ergibt Sinn. Und wer ist die dritte Person?« Michelle beugt sich vor und flüstert mir ins Ohr: »Die Queen.«

Während unserer Unterhaltung fällt mir eine Person auf, die in einiger Entfernung um das Café herumschleicht. Der junge Mann überquert schon zum dritten Mal den Friedrich-Stoltze-Platz. Er trägt ein schlabbriges Hemd, eine Art Baumwollkutte. Die langen Haare sind zu einem dünnen Mäuseschwanz zusammengebunden. Sein blasses Pfannkuchengesicht wird durch einen fusseligen Kinnbart verlängert. Das ist ohne Zweifel der junge Mann aus der Nation, der gestern Abend den Gong geschlagen hat.

»Guck mal, Michelle, ist das da drüben nicht der Assistent aus eurem Verein?«

»Ja klar. Das ist Daniel. Hallo, Daniel«, winkt Michelle den Zauberlehrling zu uns herüber. Der Typ dreht sich weg und beeilt sich, aus unserem Blickfeld zu verschwinden. Zügig taucht er in der Straße Holzgraben in Richtung Burger King ab.

»Komisch. Ob er mich nicht gesehen hat? Meinst du, Daniel ist mit Absicht hier? Meinetwegen? Oder deinetwegen?«, fragt Michelle.

»Vielleicht soll er sich an meine Fersen heften und

berichten, falls ich bei meiner Suche auf das Rezept stoßen sollte.«

Michelle wird nachdenklich. »Das könnte allerdings sein. Ich sollte jetzt besser gehen.« Sie erhebt sich abrupt von ihrem Stuhl.

»Danke für deine Offenheit, Michelle«, verabschiede ich sie.

Im Gehen wendet sie sich um. »Eigentlich hatte ich mir vorgenommen, dir überhaupt nicht zu helfen. Weil du kein echtes Interesse an dem Rezept hast, sondern nur Geld damit verdienen willst. Aber gut: Am Donnerstagabend gehe ich zu einem Kochkurs in die Frankfurter Volkshochschule. Dort treffen sich Leute, die etwas über das Rezept wissen könnten. Vielleicht hast du ja Lust hinzukommen.«

»Ja klar, ich komme gern. Solange Jo nicht der Seminarleiter ist.«

»Nein, nein. Der Seminarleiter ist ein Schweizer. Beat Strohgluth. Du kennst ihn vielleicht. Er ist ein Fernsehkoch aus dem hessischen Regionalfernsehen. Er entlarvt in seiner TV-Show Nobel-Restaurants, die Fertigprodukte verwenden. Beat ist in Ordnung, kein Vergleich zu dem kopfkranken Jo. In dem Volkshochschulkurs geht es um gesunde Ernährung – na ja, vielleicht auch um ein bisschen mehr. Der Kurs startet um neunzehn Uhr im Liselotte-Donner-Haus in Frankfurt-Preungesheim. Also dann: See you!«

»Bis Donnerstag, Michelle!«

Sie entschwebt in Richtung Hauptwache. Die Morgensonne durchleuchtet ihr Kleid, das aus Licht, Luft und Liebe gewebt zu sein scheint. Im Gegenlicht zeichnen sich die Körperkonturen der keltischen Göttin ab, als ob sie splitternackt über den Friedrich-Stoltze-Platz stolzieren würde. Ich schaue ihr hinterher, bis ich, von dem Anblick geblendet, rote Flecken vor meinen Augen tanzen sehe. Michelles Abbild hat sich auf meiner Netzhaut festgebrannt wie auf einem PC-Screen, der zu lange ohne Bildschirmschoner benutzt wurde. Noch eine Stunde später wandern die hellgrünen, komplementärfarbigen Reflexionen von Michelles Figur an den Hausfassaden der Einkaufstraße Zeil entlang.

Michelles Tipps über den Spirutopia-Verein und den ausübenden Titanen Konsul Hofgeier sind für meine Ermittlungen Gold wert. Ist der Konsul mein geheimer Auftraggeber? Steckt er hinter dem Mord an meinem alten Lateinlehrer?

# VORSICHTIG, MEIN FREUND,
# GANZ VORSICHTIG!

*Dienstag, siebter Juli, Frankfurt-City, auf der Zeil*

Es ist ein Uhr mittags. Die Sonne knallt gnadenlos auf die Betonwüste der Frankfurter Innenstadt herunter. Die Hitze lässt alles, was auf der überfüllten Einkaufsstraße Zeil ohnehin schlecht riecht, stinken. Unter den Schädelknochen der notorisch schlecht gelaunten Einwohner flockt das Eiweiß zu dunklen, aggressiven Gedanken aus. Die Passanten versuchen, die Julihitze zu meiden, und bahnen sich rücksichtslos unter den schmalen Schattenstreifen ihren Weg.

Mein Plan für heute Nachmittag ist denkbar einfach: Ich werde diesem Konsul einen Besuch abstatten und seinen Laden mit Abhörmikrofonen verwanzen. Die dazu benötigten Teile bekomme ich bei Conrad Electronic auf der Zeil. Alles, womit James Bond durch den Agenten M in den Katakomben des britischen Geheimdienstes ausgestattet wird, findet man bei Conrad. Wenn etwas nicht vorrätig sein sollte, etwa ein Kugelschreiber mit Raketenwerferfunktion, kann man sich die Bauteile mit einem 3D-Drucker selbst ausdrucken.

Die Filiale liegt im östlichen Teil der Zeil an der Konstablerwache. Hier gibt es keine noblen Christ-Juwelierläden oder Nescafé-Stores wie auf Höhe der Hauptwache. Hinter der Konstablerwache, im Volksmund verniedlichend und gleichzeitig irreführend »Konsti« genannt, haben sich Ein-Euro-Shops und Schnellrestaurants eingemietet.

Normalerweise meide ich das Menschengewimmel auf der Zeil. Ich kenne überhaupt niemanden, der die Zeil mag. Trotzdem ist sie jeden Tag proppenvoll. Zehntausende Menschen pro Stunde drängen sich darauf. Irgendjemand hat das nachgezählt. Die autofreie Achse im Zentrum von Frankfurt ist eine der typischen Einkaufsmeilen, mit denen man die Innenstädte jeder größeren deutschen Stadt ab 1950 verhunzt hat. Zerstörte Gebäude wurden eilig durch Konsumtempel, die in ihren Schaufenstern den Chic der Wirtschaftswunderjahre anboten, ersetzt. Von diesen Betonklötzen ist heute, fast siebzig Jahre später, kaum einer mehr übrig. Die grauen Kästen wurden durch Stahl-Glas-Konstruktionen ausgetauscht. Aber auch die Jahre dieser modernen Bauten sind gezählt, früher oder später fallen auch sie dem Wandel zum Opfer. In den Achtziger- und Neunzigerjahren wurde die Zeil mit Bäumen und Kunstobjekten ausgestattet, um das Shoppingerlebnis aufzuwerten. Eines dieser Objekte ist ein Brunnen mit plumpen Formen und Figuren aus weißem Marmor, der in der Mitte der Zeil steht und einen Punkt auf der Nord-Süd-Achse Richtung Dom markiert. Der Platz dient, entgegen seiner Bestimmung, als Tagesstätte für Konsumverweigerer, die dort bei Bier und selbst gedrehten Zigaretten dauercampen.

Auf Höhe des weißen Brunnens spüre ich einen Blick in meinem Nacken. Als ich mich umschaue, entdecke ich inmitten des Menschengewühls das Pfannkuchengesicht des Spirutopia-Jüngers Daniel. Jetzt, nachdem Michelle nicht in der Nähe ist, macht er sich nicht mehr die Mühe, sich zu verbergen. Rotzfrech grinst der Hüttenkäse zu mir herüber. Meinetwegen. Ich habe Besseres zu tun, als mich um den pickligen Knaben zu kümmern. Als ich mich abwende, laufe ich in eine massive Wand. Ich pralle von dem Hindernis zurück und versuche zu verstehen, was hier gerade passiert ist. Vor mir klatscht etwas auf das Pflaster. Zu meinen Füßen liegt ein Brei aus Schafskäse, Krautsalat, Tomatenscheiben und Chilisoße – die Füllung eines Veggiedöners.

Ein Zwei-Meter-Typ mit Gesichtstattoo ragt vor mir auf. Er hält ein leeres Fladenbrotviertel in der Hand.

»Sorry. War keine Absicht, Meister«, entschuldige ich mich bei der Schrankwand. Der blonde Hulk starrt in die gähnende Leere seines Dönerbrötchens. Dann auf die auf dem Boden verstreuten Essensbrocken, auf seinen mit Soße bekleckerten Thor-Steinar-Kapuzenpulli und zurück auf mich. Wortlos lässt er das inhaltsleere Weißbrotviertel auf den Boden fallen. Sein Quadratschädel läuft feuerrot an.

»Isch bring dich um, Alter!«

»Drunter geht's wohl nicht? Hier hast du fünf Euro.«

»Vorsichtig, mein Freund. Ganz vorsichtig«, droht mir der dönerlose King Kong, reißt mir die fünf Euro aus den Fingern und steckt den grauen Schein seiner Freundin, einem kleinen Menschen mit rasierter Schläfe, in den Ausschnitt. Er muss sich dazu bücken. Ich nutze diese Gelegenheit, um die sich anbahnende Gewaltspirale in ein respektvolles verbales Miteinander zu kanalisieren.

»Okay, ihr zwei Hübschen, ich muss weiter. Dann guten Abo zusammen. Wenn ich euch einen Tipp geben darf: Bestellt den nächsten Döner ohne Chilisoße. Das scharfe Zeug macht einen roten Kopp. Sieht nicht gut aus. Besonders bei dir, Chef. Aber bei deiner Freundin ist es auch nicht viel besser. Oder ist die Kleine deine Mutter?« Mit Gott und der Welt zufrieden spaziere ich weiter. Ich bin froh, diese Situation mit einem Gratis-Lebenshilfe-Tipp und einem Taschengeld ins Positive gedreht zu haben.

Der Kick kommt unerwartet und trifft mich hart im Nacken. Ein Tritt mit dieser Wucht reicht normalerweise aus, um einen texanischen Zuchtbullen das Genick zu brechen. Ich zähle genau zwölf Fugen zwischen den Halbmeterplatten des Zeil-Pflasters, bevor ich auf dem Steinboden aufschlage. Körperlich macht einem austrainierten Qi-Gong-Fighter wie mir ein solcher Treffer wenig aus. Daher will ich dem jungen Mann seine Unbeherrschtheit nicht übel nehmen und auf seine Attacke defensiv reagieren.

Was meine Defensivkraft angeht, so habe ich bei meinem letzten Ostasientrip mit Lidl-Flugreisen tüchtig dazugelernt. Auf einem Folklore-Abend im Kung-Fu-Stadion in Shanghai konnte ich mir die buddhistischen Kampfkünstler aus nächster Nähe anschauen.

Das Beste aus ihrer Kampftechnik habe ich seitdem in meinen Kampfstil einfließen lassen. Im waffenlosen Nahkampf ist es jetzt unmöglich, mir einen Wirkungstreffer zu verpassen. Auch mental habe ich Riesenfortschritte gemacht. Früher hätte ich auf einen so unfairen Angriff reagiert wie Godzilla nach einem Raketenbeschuss. Heute habe ich nicht mal Lust, dem Grobian wegen des Schubsers böse zu sein. Letztlich muss man das Ganze als das ansehen, was es ist: ein hilfloser Versuch der Kontaktaufnahme eines orientierungslosen jungen Menschen.

Der Violation-Maniac lässt mir keine Zeit aufzustehen. Er prescht heran, um mich für den runtergefallenen Döner nach den in der Frankfurter City geltenden Regeln zu bestrafen. Das heißt: mich zu töten.

»Was ist denn das für ein Spruch auf deinem Gesicht? Ist das Latein?«, stoppe ich den tätowierten Hulk, als er mit seinem Einhandmesser ausholt. Der Schrank braucht Zeit, um die Frage in seinem bemalten Kopf zu verarbeiten. Er zögert eine Hundertstelsekunde, bevor er zusticht. Die Klinge läuft, genau wie seine Gedanken, ins Leere. Ein Tritt auf seine Handwurzel lässt das Einhandmesser aus seiner Metzgerpranke aufs Pflaster fliegen. Ab jetzt läuft das Spiel andersherum, mein Freund!

Trocken kracht meine Rechte auf seine untere Rippe. »Pffft!«, dringt pfeifend die Luft aus Hulks Knochenkasten. Gelangweilt sehe ich zu, wie er vor Schmerzen in der Hocke geht. Aber der Typ hat noch nicht genug. Als er wieder atmen kann, geht er mit doppelter Wut auf mich los. Seine Faust, so groß wie eine Kanonenkugel, lechzt danach, an meinem Kopf zu explodieren.

Ich weiche aus und lasse dann absichtlich einen Treffer auf den Oberarm zu. Nur so, aus Spaß. Der Kerl wittert sofort Morgenluft und drischt sich die Arme aus den Schultergelenken. Ich ducke mich unter seinen Abrissbirnenschwingern weg, ohne einen weiteren Treffer zu kassieren. Seine kleine Freundin feuert ihn an: »Mach ihn fertig, Champ!«

Jetzt ist Schluss mit lustig. Ich bin schließlich zum Einkaufen auf der Zeil und nicht zum Boxtraining. Ansatzlos feuere ich dem Kleiderschrank einen Uppercut auf die Nase. Es kracht laut und trocken wie beim Brechen einer Styroporplatte. Der Aggro torkelt rückwärts in die Arme seiner Freundin. Sie versucht ihn aufzufangen und wird dabei unter dem Fleischberg begraben – aber das ist sie ja bestimmt gewohnt.

Die Sirene eines Einsatzwagens heult auf. Wegen der Prügelei hat jemand die Polizei verständigt. Bevor die ehemaligen Kollegen auftauchen, verschwinde ich in den Katakomben der B-Ebene unter der Konstablerwache.

Fährt da vorne nicht Daniel die Rolltreppe hinunter? Trägt der Gemüsejünger nicht das gleiche Tattoo auf dem Hals wie der Dönerfighter an der Schläfe? Tatsächlich, es ist das gleiche Zeichen. Ein Logo mit einem lateinischen Schriftzug.

# SOPHIA LORENS ENKELTOCHTER

*Dienstag, siebter Juli, Kronberg im Taunus*

Der Opel GT und ich biegen in eine gepflasterte Straße ein, die von Kastanienbäumen beschattet wird. Durch die Allee in dem noblen Frankfurter Vorort Kronberg führt kein Durchgangsverkehr. Kein Auto ist auf der Straße, kein Fußgänger geht auf den breit angelegten Bürgersteigen spazieren. Es ist windstill. Wenn man von dem Gedränge der Frankfurter City in ein so menschenleeres Wohnviertel im Taunus kommt, ist diese Friedhofruhe beinahe beunruhigend.

Wir verzichten darauf, durch das schwere Eisentor auf das Gelände des Konsuls Hofgeier einzufahren. Wir fahren am Portal des parkähnlichen Anwesens vorbei, wenden und parken in hundert Meter Entfernung in Fahrtrichtung. Falls während meines Besuchs ein Problem auftreten sollte, brauche ich außerhalb des Grundstücks einen startbereiten Opel GT. Wie immer verlasse ich mich ganz und gar auf meinen Mitarbeiter mit dem unverwüstlichen Tausendneunhundert-Kubikzentimeter-Motor.

Mein heutiges Zielobjekt, Konsul Hofgeier, kenne ich bisher nur vom Hörensagen. Dabei hat der Mann nicht gerade die besten Noten eingeheimst. Ich erinnere mich an Michelles Worte im Helium:»Man weiß wenig über sein Privatleben. Er soll eine ziemlich fiese Type sein.« Ich bin gespannt, wen ich da gleich antreffen werde. Einen alten Mann mit viel Lebensgier, dem jedes Mittel recht ist, um an ein Rezept für weitere fünfzig Jahre in Saus und Braus zu gelangen? Einen skrupellosen Großindustriellen, der das Wasser aus der Wetterau abpumpt und die landwirtschaftlichen Betriebe in der Nachbarschaft austrocknen lässt? Einen miesen Typen, der sich auf seiner Taunus-Ranch verschanzt hat und ab und zu runter in die City kommt, um den Knechten im seinem Esoterikverein in den Hintern zu treten? Hat der Konsul die Motorradbraut von der Kette gelassen? Die Frau, die meinen alten Lateinlehrer auf dem Opernplatz über dem Haufen geschossen hat?

Was schrie die Gun-Lady, bevor sie den guten alten Dr. Lärche mit zwei Kopfschüssen umgenietet hat?»Du, Penner, kannst damit sowieso nichts anfangen. Gib es uns, sonst...«

»Gib es *uns*!«, schrie die Frau.

Als ich in Sichtweite der Toreinfahrt gelange, öffnen sich die beiden schmiedeeisernen Torflügel automatisch. Ich überquere die Allee und schlendere über das Kopfsteinpflaster auf den Eingang zu. Von irgendwo ist das Grollen eines Acht-Zylinders im Standgas zu hören. Plötzlich brüllt das Motorengeräusch böse auf. Die Kühlerhaube eines braunen Dodge-Pick-up schießt aus der Ausfahrt. Mit durchdrehenden Reifen donnert der Geländewagen über die Bürgersteigkante. Der Grip seines Allradantriebs reißt die Pflastersteine aus dem Fundament. Das Metallmonster hält direkt auf mich zu. Zu spät, um dem Wagen auszuweichen. Im letzten Moment, eine Hundertstelsekunde bevor die Karre mich zu Brei fährt, katapultiere ich meinen Körper aus dem Stand in die Luft wie ein Jetpilot im Schleudersitz. Der Dodge rast unter mir durch. Im Fallen ziehe ich meine Smith & Wesson und jage ihm eine Kugel hinterher. Ohne zu treffen. Mit einem Affenzahn verschwindet der Dodge um die nächste Ecke.

Es gibt nur wenige Menschen auf diesem Planeten, die ihren Körper derart unter Spannung setzen, dass sie ihn aus dem Stand zwei Meter in die Höhe schnellen lassen können. Wer den Fußballstar Zlatan Ibrahimovic einmal nach einem Tor mit seinem legendären Luftsprung hat jubeln sehen, weiß, wovon ich rede. Ich darf mir schmeicheln, zu diesem kleinen Kreis von Spitzensportlern zu gehören.

Ungewöhnliche sportliche Leistungen sind, wie die Wissenschaft nachgewiesen hat, nicht allein durch körperliche Übung zu erreichen. Der andere, ja beinahe wichtigere Teil eines erfolgreichen Trainingsprogramms ist die Ernährung. Als Leistungssportler muss man bereit sein, sich einer strengen Diät mit hochwertigen Nahrungsmitteln zu unterwerfen. Ich empfehle an dieser Stelle ausdrücklich die beiden Produkte, mit denen ich die größten Leistungssteigerungen erzielen konnte: Dies sind die Schoko-Riegel »Mars« und »Milky Way« des US-amerikanischen Lebensmittelherstellers Mars Incorporated. Die jahrelange Einnahme dieser Energieriegel hat es mir ermöglicht, meine Synapsen um mehr als das Doppelte der Nervenverbindungen eines Durchschnittssportlers zu verstärken. Das bedeutet, ich reagiere auf jeden Reiz zweimal so schnell wie ein normaler Mensch. Anders gesagt: Ich stehe fünfzig Prozent weniger auf dem Schlauch als die restliche Menschheit.

Die Toreinfahrt zu Konsul Hofgeiers Anwesen steht nach der Attacke des Pick-ups noch offen. Ohne mich um eine Anmeldung zu kümmern, spaziere ich an der Gegensprechanlage vorbei auf das Grundstück. Kaum habe ich es betreten, schließen sich die Torflügel hinter mir. Eine Allee, die von alten Laubbäumen beschattet ist, führt zu einer lichten Fläche mit englischem Rasen. Hinter der Wiese zeichnet sich die Silhouette eines schlossähnlichen Gebäudes ab. Darauf halte ich zu. Es ist drei Uhr nachmittags. Die Sonne brennt vom hellgrauen Himmel. Kein Vogel singt, kein Blatt bewegt sich. Vollkommene Stille. Ich höre nichts außer meinen eigenen Atem und den Kies des Zufahrtsweges unter den Sohlen meiner Cowboyboots knirschen. Musikfetzen wehen aus Richtung des Palais herüber. Es ist das erste Geräusch in dieser klangtoten, surrealen Industriellen-Matrix, das nicht von mir stammt.

»Riders on the storm. Into this house we're born. Into this world we're thrown.« The Doors hallen über die Lichtung von einer Poollandschaft herüber, die sich am Ende der Rasenfläche zeigt. Ein Dutzend Liegestühle stehen um ein Schwimmbecken, das groß genug ist, eine Segelschule zu beherbergen. Das Wasser ist unbewegt, die Oberfläche glatt wie Eis. Die Umwälzanlage gurgelt aus den Lochblechen am Rand des Pools. Ich trete näher. Am Grund des Beckens schimmert ein Mosaik, ein in die Bassinkacheln eingelegtes Wappen. Es ist das gleiche Zeichen wie das des Tattoos auf dem Hals des Nation-Jüngers Daniel und des Schlägers auf der Zeil. Unter dem Zeichen, einer Faust, die den Stängel einer stacheligen Distel umschließt, stehen im Halbkreis die drei Worte »Herbas Carne Mea«. Das klingt lateinisch. Während ich mir den Kopf zerbreche, was die drei Worte bedeuten könnten, bemerke ich aus dem Augenwinkel einen Schatten, der über den Wasserspiegel des Pools wandert. Sofort gehe ich in die Hocke und nehme eine Wing-Tsun-Kampfhaltung ein.

»Habe ich Sie erschreckt?«

Die junge Frau ist keine zwei Meter vor mir aus dem Nichts aufgetaucht. Wie hingebeamt steht das Wesen from outer space zwischen den Liegestühlen. Weibliche Schönheit ist immer eine beeindruckende Sache. Wenn sie unerwartet erscheint, umso mehr. Der Blick der Sternenfrau haut mich direkt aus den Cowboystiefeln. Ihre Augen glänzen blauschwarz wie die Federn einer Elster. Ihr Blick ist tief, so tief, dass man mit einem Raumschiff in die Unendlichkeit dieser Augen hineinfliegen möchte. Um das Weltall zu erkunden und unser aller Herkunft ein für alle Mal zu verstehen.

Dabei hat ihr Gesicht auch einen animalischen Ausdruck. Die Augen der Diva stehen weit auseinander, wie bei einer Tigerin. Sofort springt mich die tierische Leidenschaft, die hinter diesem Blick lauert, an und schlägt mir ihre Pranken in die Lenden. Diese Sehorgane sind entweder der Eingang zum Paradies oder zur Hölle. Lasziv lächelt die junge Frau und zieht einen Mundwinkel nach oben wie ein ungezogener Teenager, die dir erzählt, dass sie einer Stubenfliege die Flügel herausgerissen hat und jetzt dafür bestraft werden will.

Die Göttin amüsiert sich über meine Unsicherheit. Sie wirft ihren Kopf nach hinten und streicht über ihr dunkelbraunes Haar, das am Hinterkopf zu einem Pferdeschwanz zusammengebunden ist. Neckisch kräuselt sich ihre perfekte, südeuropäische Nase, als sie auflacht.

Die junge Frau trägt einen Bikini. Einen gelben Bikini. So einen sonnengelben wie die weiblichen Granaten, die in der TV-Werbung für Abnehmpulver in Slow-Motion den Strand entlang hopsen. Wenn ich mir vor einer Sekunde nichts Schöneres vorstellen konnte, als volle Schlucke aus der Unendlichkeit ihrer dunklen Augen nehmen zu dürfen, so wird mein Blick jetzt von dem Bikinioberteil vereinnahmt. Die beiden Supernovas überstrahlen die Julisonne und brennen jedes selbstbestimmte Denken aus meinem Hirn. Die Hitze, die ich den ganzen Tag nicht gespürt habe, trifft mich mit einem Schlag.

»Ist Ihnen heiß?«

Ich bin nicht in der Lage zu antworten. Ich kann und will jetzt nicht sprechen.

»Möchten Sie vielleicht einen Drink, McBride? – Schwimmen gehen können wir immer noch.«

Woher kennt die Frau meinen Namen?

»Ja gut, Signorina«, krächze ich ein heiseres Blanko-Einverständnis zu allem, was mir die italienische Diva vorschlägt und noch vorschlagen wird. Viel später sollte ich noch schmerzhaft erfahren, dass es gescheiter gewesen wäre, auf das Angebot mit dem Drink und den Rest, der jetzt folgen sollte, zu verzichten. Aber mal ehrlich: Ein Drink mit der blutjungen Sophia Loren im knallgelben Bikini und dann eine Runde gemeinsames Planschen im Palastpool – welcher Depp wird in so einer Situation kompliziert? Nachdem ich meine Sprache wiedergefunden habe, kehrt auch mein Verstand langsam zurück. Weswegen bin ich noch mal hier? Bin ich etwa in Kronberg mit einer römischen Göttin zum Schwimmen verabredet? Eigentlich will ich Konsul Hofgeier aufsuchen, um herauszufinden, ob er mein Auftraggeber oder der Auftraggeber der Mörderin meines Lateinlehrers ist. Oder beides.

Kurzfristig könnte das Erscheinen der unbekannten weiblichen Person eine Korrektur meiner detektivischen Strategie erforderlich machen. Folgende Annahme möge gelten: Die Person in Badebekleidung ist jemand aus dem näheren Umfeld von Konsul Hofgeier. Ergo ist es in gegebener Situation zielführend, mich über diese Mittelsperson (Person B = halb nackte Göttin) meiner Zielperson Hofgeier (Person A = verdächtiger Industrieller) zu nähern. Mein bedingungsloser Einsatz für die Interessen meines Mandanten gebietet daher, engen Kontakt zu Person B herzustellen. Der Plan zur Erfüllung dieser Aufgabe liegt glasklar vor mir: Ich werde den angebotenen Drink mit dem Poolgirl akzeptieren und in der Folge konsequent situativ agieren.

»Wie nimmst du deinen Drink?«, fragt mich die Sizilianerin.

»Gerührt und nicht geschüttelt, bitte.«

Mit einem anerkennenden Nicken quittiert die junge Frau den Insiderjoke, den ich furztrocken wie einen Martini abschieße.

Die Frau mit dem Leichtathletinnenkörper, dessen Sonnenbräune nur von zwei Stoffstreifen unterbrochen wird, catwalkt mit den Drinks herüber. Sie reicht mir mein Glas mit einem »Gute Mädchen kommen in den Himmel, böse Mädchen kommen überall hin«-Lächeln. Dabei kommt sie mir so nahe, dass die nasskalten Nippel ihres Bikinioberteils meinen muskulösen Brustkorb streifen. Zuerst denke ich, dass die Berührung ein Versehen ist – Frauen sind ja bekanntlich nicht so gut darin, Entfernungen einzuschätzen. Aber als sie mich zu sich heranzieht, ihre geöffneten Lippen auf den Mund drückt und das schwere Kristallglas mit dem Wodka-Martini einfach auf den Boden fallen lässt, wird mir klar, dass die Drinks heute Nachmittag nicht das einzige Vergnügen bleiben werden. Das schwere Kristallglas braucht elf Minuten, bis es auf dem Marmorboden ankommt, aufschlägt und in zwei Stücke zerspringt.

Mamma mia, die Frau weiß, was sie will. Die Sizilianerin presst ihren Körper an meinen. Sie umklammert mich wie ein Tiefseekrake. Wo sich unsere Körper berühren, verdampft das Wasser in ihren feuchten Badesachen mit einem Zischen. Ich suche nach einem Platz, an dem ich meinen Drink abstellen kann. Ich möchte ungern daran Schuld haben, dass noch ein weiteres teures Kristallglas zerschlagen wird.

Diesen Augenblick, nennen wir es ruhig einen Moment mangelnder Achtsamkeit, nützt die Sizilianerin, um mir ein Bein zu stellen und mich ins Poolbecken zu schubsen. Wir klatschen aufs Wasser. Im Fallen öffne ich meine Hand. Das Martiniglas versinkt im Hellblau einer totalen Enthemmung.

Schneller als eine Ironmanteilnehmerin beim Wechsel der Disziplin hat Sophia mir Hemd und Hose ausgezogen und an Land geworfen. Nackt stehen wir uns gegenüber und lächeln uns an wie die Paviane.

»Ich heiße Sophia«, stößt sie aus.

Mehr muss ich sowieso nicht wissen.

Bevor ich »Ich bin der Jür…« sagen kann, spüre ich ihre Hand da, wo sie nicht hingehört, wenn sich zwei Leute noch nicht mal Guten Tag gesagt haben. Umstandslos greift Sophia …

*Hinweis: Die nachfolgenden Ereignisse können aufgrund ihrer massiv sexuellen Inhalte nicht im Klartext dargestellt werden. Da es mir als Autor aber sehr wichtig ist, dieses Buch gerade jungen Menschen zugänglich zu machen, um sie zu verantwortungsvollen Mitbürgern zu erziehen, werden alle expliziten Szenen in verschlüsselter Form umschrieben. Begriffe, die primäre und sekundäre Geschlechtsorgane sowie deren Nutzungsmöglichkeiten betreffen, werden mit* Dinkel, Hirse, Tofu *oder* Soja *substituiert. So kann dieser Tatsachenbericht meinem Grundsatz treu bleiben, nichts als die Wahrheit zu erzählen, ohne Gefahr zu laufen, wegen jugendgefährdender Schriften indiziert zu werden.*

»Jürgen!«, staunt Sophia, als ihre *Hirse* meinen *Dinkel* berührt. Unmissverständlich fordert ihre *Soja* meinen *Dinkel*, der nicht lange nach einem *Tofu* suchen muss. Bilder aus den goldenen Zeiten der Ruhr-Stahlproduktion, als gigantische Schmiedehämmer auf das glühende Metallerz schlugen, drängen sich auf. Grandios bespielt mein *Dinkel* ihre *Soja*, die sich jetzt nichts mehr als einen *Tofu* herbeisehnt. »Glück auf, Kumpel!«, rufe ich dem *Dinkel* zu. Sophia wirft ihren Kopf zurück und stöhnt auf wie eine *Hirse*. Mamma mia! Diese Frau ist wirklich die heißeste *Soja*, die mir in den letzten zwei Wochen begegnet ist. Ihre beiden *Hirse* schlagen im Trommelwirbel auf die Wasseroberfläche und treiben das Poolwasser über den Beckenrand. Als Sophia schließlich mit einem gewaltigen *Tofu* meinen *Dinkel* aus der *Soja* schießt, zertrümmern meine Schulterblätter die Kacheln der Poolwand.

Der Wasserpegel des Beckens ist um zwanzig Zentimeter gesunken. Wir kriechen über die Pooltreppe hinaus wie Amphibien beim ersten Landgang vor dreihundert Millionen Jahren. Schweigend setzen uns wir uns nebeneinander auf eine Sonnenliege. Ich klopfe uns zwei Camel ohne aus der Softpackpackung. Wir rauchen die Zigaretten ohne zu sprechen. Dann drücken wir die Kippen aus.

»Was führt dich hierher, Jürgen?«

»Wenn ich gewusst hätte, dass ich dich hier treffe, würde ich sagen: du!«

Sophia lächelt. Sie beäugt mich dabei skeptisch. »Das klingt hübsch. Du wolltest nicht zu mir, sondern zum Konsul, richtig? Der sitzt übrigens dort oben auf dem Balkon.«

# KONSUL HOFGEIER

*Dienstag, siebter Juli, Kronberg im Taunus*

Ach du heilige Scheiße! Auf dem Balkon des ehemaligen Grandhotels, keine dreißig Meter vom Pool entfernt, sitzt jemand hinter einer Steinbalustrade und beobachtet uns. Jetzt erhebt sich der Mann und tritt vor. Mit einer Armbewegung deutet er mir, zu ihm heraufzukommen. Nach dem Wink dreht er sich um und verschwindet im Haus. An der Art, wie er das getan hat, erkenne ich einen Mann, der es nicht gewohnt ist, einen Widerspruch gelten zu lassen.

»Geh nur. Mein Onkel beißt nicht«, lächelt Sophia mir zu.

»Dein Onkel? Ich dachte, er ist dein ...«

Sophia schüttelt den Kopf und lacht auf. Ich lache erleichtert mit. Es ist bloß ihr Onkel. Wie wundervoll. In diesem Moment möchte ich die ganze Welt umarmen.

»Wahnsinn! Nur dein Onkel. Bis später, Sophia.«

»Jaja. Bis nachher, Jürgen«, lächelt Sophia.

Ich habe es nicht eilig, dem bösen Onkel vor die Augen zu treten, und schlurfe die Treppe zum Eingang des Chalets hinauf. Am Portal, das groß ist wie eine Kirchentür, suche ich nach dem Klingelknopf. Es gibt keinen. Ich drücke den Türgriff des Portals hinunter und trete ein. Hinter mir fällt die Tür mit einem Rumms ins Schloss.

Die große Eingangshalle, aus der sich zwei Treppenaufgänge im Bogen zum ersten Stock aufschwingen, ist wohl ehemals das Hotelfoyer gewesen. Der Kronleuchter mit den Swarovski-Kristallen und die Marmorboden könnten aus der Zeit stammen, als dieses Palais ein Grandhotel gewesen ist. Ich stehe im Foyer und betrachte die kalte Pracht aus dem letzten Jahrhundert.

Vor meinem Besuch auf dem Anwesen des Konsuls habe ich einiges über die Person des Konsul Werner Hofgeier in Erfahrung gebracht. Obwohl der Mann als einer der reichsten Männer im Rhein-Main-Gebiet gilt, stammt er aus keiner begüterten Familie. Der Vater von Konsul Hofgeier, Adolf Hofgeier, betrieb eine Trinkhalle mit Lotto- und Toto-Lizenz in Frankfurt-Höchst. Vater Hofgeier war ein wortkarger Mann von außergewöhnlicher Körpergröße. Wenn er in seinem Bretterkiosk stand, konnten ihm seine Kunden durch das Verkaufsfenster nicht ins Gesicht schauen. Wenn sie durch das Fenster mit ihm sprachen, bekamen sie nur seine großen Hände zu sehen und seine tiefe Stimme zu hören. War etwas mit einem unzufriedenen Kunden zu klären, zum Beispiel mit jemandem, der ein Bier zu viel hatte und rumkrakelte, ging der Kioskbetreiber Adolf Hofgeier in die Hocke und präsentierte seinen Ochsenschädel. Der Anblick reichte meist aus, um die Trinkhallenkunden ruhigzustellen.

Konsul Hofgeiers Mutter, eine geborene Ursula Nickel, genannt »Forellen-Uschi«, verdiente ihr Geld als Hilfskraft an einem Marktstand für lebende Fische in der Frankfurter Kleinmarkthalle. Als Fischschlachterin war es die Aufgabe von Mutter Hofgeier, die Fische abzustechen, auszuweiden und zu schuppen. Nach langer Betriebszugehörigkeit betraute man die grobschlächtige Frau damit, Botengänge zu übernehmen. Eines Abends, spät nach Feierabend, sollte sie eine Geldkassette bei der gegenüberliegenden Sparkasse einwerfen. Am Ausgang der Kleinmarkthalle in der Hasengasse wurde sie mit einem Radkreuz niedergeschlagen und ausgeraubt. Sie erlag im Krankenhaus ihren Kopfverletzungen. Ihr Mann Adolf, der Vater des Konsuls, stand künftig nicht mehr in der Trinkhalle, sondern davor.

Der junge Robert Hofgeier, der spätere Konsul, verließ mit siebzehneinhalb Jahren sein Elternhaus und verpflichtete sich direkt nach seinem vorzeitigen Abitur bei der Fremdenlegion. Vom Standort Marseille aus diente er sieben Jahre bei Einsätzen auf der ganzen Welt, unter anderem in Kambodscha und der Zentralafrikanischen Republik. Danach begann er ein Jurastudium in Marburg. Aufgrund seiner Leistungen und seines Dienstes in der Legion konnte er mit einem Stipendium das Studium an der Sorbonne in Paris fortsetzen. Er schloss das Jura-Studium mit Auszeichnung ab. Die Sprachkenntnisse, die er sich während des Legionsdienstes und während des Studiums erworben hatte, qualifizierten ihn zuerst für das Amt des Honorarkonsuls in Kambodscha und später für das des deutschen

Konsuls in El Salvador. Nach seiner Rückkehr aus dem diplomatischen Dienst nach Deutschland erwartete man, dass Konsul Hofgeier seine Karriere im Auswärtigen Amt fortsetzen würde. Doch der Konsul lehnte die angebotene Stelle ab. Stattdessen erwarb er für sehr viel Geld ein Stück Land mit einer Mineralquelle im Taunus. Woher dieses Geld stammte, ist unklar. Das Geld war regulär auf seinen Konten verbucht, es gab keinen Verdacht auf einen illegalen Erwerb seines Vermögens. Nachdem das Geld beim Kauf der Ländereien in die Hände honoriger Frankfurter Bürger gewandert war, interessierte die Frage nach der Herkunft des Vermögens ohnehin niemanden mehr.

Das Grundstück mit der Mineralquelle liegt unweit des Geburtsortes seines Vaters im Taunus. Das Quellwasser, bisher eine regionale Billigmarke, verwandelte der Konsul mit einer geschickten Vermarktung zu einem Premium-Produkt mit Vertrieb in ganz Deutschland. Im Laufe der Jahre schluckte sein Unternehmen alle anderen Mineralquellen in der Gegend. Mittlerweile muss er sich nicht um Einnahmestrategien kümmern. Der Gewinn sprudelt jeden Tag aus seiner Erde.

Das Gebäude, das Schlosshotel mit der riesigen Parkanlage, kaufte Konsul Hofgeier im Jahr 1993. Er überbot damals alle interessierten Hotelketten. Die atemberaubende Kaufsumme, mit der er die internationalen Mitbieter ausstach, ging tagelang durch die lokale Presse. Heute, nach den Wertsteigerungen der Immobilien im Rhein-Main-Gebiet, würde man sagen, Hofgeier hat das alte Grandhotel fürn Appel und 'n Ei gekauft. Der Besitz des herrschaftlichen Schlosshotels, der gewaltige Grundbesitz im Taunus und in der Wetterau, auf dem seine Mineralwasserquellen liegen, und nicht zuletzt seine Autorität als ehemaliger Konsul mit wichtigen Beziehungen zu ausländischen Investoren machen den Mann zu einer unantastbaren Person. Aber Schlossbesitzer oder nicht: Ich werde den alten Knaben heute an den Eiern packen.

Ich steuere den Treppenaufgang zum ersten Stock an, von dem aus mich der Konsul gerufen hat. Meine Cowboyboots klackern über den Marmorboden, vorbei an einer lebensgroßen, nackten Bronzestatue, die in der Mitte eines sternförmigen Bodenmosaiks der Halle steht. Die Form des Bronzehinterns der Frauenfigur kommt mir bekannt vor. Als Detektiv, aber auch als Kunstliebhaber unterziehe ich die Skulptur einer genauen optischen Prüfung. Nachdem ich die Figur umrundet habe und die Vorderseite sehe, steht Sophia vor mir. Sophia in Vollmetallausführung. In Gestalt einer römischen Früchtegöttin. Die bronzene Sophia trägt eine Schale, die sie unter ihre prachtvolle Brust in die Hüfte gestemmt hat. In die Schale hat man frische Pfirsiche gelegt – eine super Idee, finde ich. Ich kann nicht widerstehen, lasse meine Hand einen Augenblick auf ihrem prallen Metallhintern ruhen und greife mir einen der vollreifen Pfirsiche aus der Früchteschale.

»Kommen Sie rauf, McBride!«

Der weiche Pfirsich flutscht mir aus der Hand und platzt auf dem Marmorboden auf. Mama mia, ist mir das peinlich. Ich versuche mit meinem Stiefel den Matsch ein bisschen zur Seite zu schieben.

»Lassen Sie das, McBride!«, dröhnt die Bassstimme ein zweites Mal durch die Halle und ruft mich die Treppe hoch in die Beletage. Im ersten Stock angekommen, stehe ich dem Konsul gegenüber. Er überragt mich fast um Haupteslänge. Ich bin versucht, noch einen weiteren Treppenschritt zu machen, weil ich nicht glauben kann, dass er ein Mann von solcher Körpergröße ist. Ich bin mit austrainierten zweiundachtzig Kilo bei ein Meter achtzig Körpergröße auch nicht gerade ein Nachttischchen. Aber dieser Typ ist das, was man bei Antiquitäten einen Frankfurter Schrank nennt. Groß, breit, massiv. Etwa einen Meter fünfundneunzig groß. Der Mann ist nicht mehr der Jüngste, vielleicht sechzig Jahre alt. Aber alles an ihm atmet Kraft. Selbstbewusste, ruhige Kraft.

»An der Skulptur kann man schon mal hängen bleiben.« Der Konsul Hofgeier zeigt ein offenes Lächeln und kneift listig die Augen zusammen.

Ich weiß nicht, was ich darauf antworten soll und sage: »Gestatten: Jürgen McBride, Privatdetektiv.«

Der Konsul legt mir väterlich seine Pranke auf die Schulter. »Soso. Na, dann kommen Sie mal rein, Herr Privatdetektiv.«

Wir treten in ein holzgetäfeltes Kabinett ein. Der Konsul deutet mit einer Kopfbewegung auf eine Sitzgruppe mit Ledersesseln.

»Setzen wir uns, McBride.«

Ich nehme Platz. Der genietete, dunkelgrüne Lederbezug des Sessels umfängt mich fest und angenehm. Wie der Recaro-Sportsitz in meinem Opel GT. Ich fühle mich geborgen.

»Wie wär's mit einem Bierchen bei der Hitze?«
Konsul Hofgeier öffnet den Barschrank mit gekühlten
Getränken. Er zieht zwei Dosen Binding Export aus dem
Schrank, pullt umstandslos seine Bierdose mit einem
Zischen auf und stellt die andere Dose vor mich auf den
Tisch. »Dosen öffnet man am besten selbst, was?«
»Äh, richtig, Herr Konsul.«
Ohne anzustoßen heben wir die Dosen mit meiner
Lieblingsbiersorte zum Trinkgruß.
»Zigarette? Bei uns herrscht Rauchfreiheit.« Hof-
geier klappt eine weiße Alabasterdose auf, die auf dem
Schreibtisch steht. In der Dose liegen filterlose Ziga-
retten und ein altmodisches, goldenes Benzinfeuerzeug.
Konsul Hofgeier bietet mir aus der geöffneten Dose
eine Zigarette an, die ich gern nehme. Die Zigaretten
sind meine Marke. Camel ohne Filter.
»Danke«, antworte ich verblüfft.
»Dann genehmige ich mir auch eine, was?« Konsul
Hofgeier bläst den Rauch der Camel ohne zu einem
perfekten Kringel. Er schaut sich gut gelaunt um und
wartet ab.
»Wissen Sie, Herr Konsul, das mit dem zerdepperten
Kristallglas tut mir leid. Ich möchte gern für den Schaden aufkommen.«
»Lassen Sie mal gut sein, mein Junge.«
Wir nippen an den Bierdosen. Der Konsul mustert
mich gutmütig und schweigt weiter. Das Schweigen
ist mir unangenehm, aber mir fällt beim besten Willen
nichts Vernünftiges ein. Ich bin alt genug, um zu wissen:
In diesem Fall ist man besser still. Schließlich beginnt
der Konsul das Gespräch.

»Sie haben meine Nichte Sophia schon kennengelernt, nicht wahr?«

»Ja. Richtig, ja. Wissen Sie, dieser Tag heute, dann noch die Hitze, man weiß gar nicht, wie einem geschieht. Ich hatte ja keine Ahnung, dass ...«

»Wir waren alle mal jung, McBride.«

Die Selbstverständlichkeit, mit der Konsul Hofgeier das Thema behandelt, die unaufgeregte, freundliche Art des Mannes helfen mir, meine Fassung wiederzugewinnen.

»Ich bin wegen des Rezeptes für das Jüngste Gericht hier, Herr Konsul.«

»Aha«, stellt er fest.

»Haben Sie eine Idee, wer Herrn Dr. Lärche erschossen haben könnte?«

»Ich habe davon gehört«, nickt der Konsul. »Wirklich eine traurige Sache. Ich kenne Herrn Dr. Lärche schon einige Jahre als Mitglied unserer Gemeinschaft Nation Of The Beautiful. Aber das wissen Sie ja bereits, nicht wahr?«

»Das stimmt. Und Sie sind Ihrerseits bestimmt darüber informiert, dass ich beauftragt bin, das Keltische Rezept ausfindig zu machen.«

»Und da dachten Sie: Dann spaziere ich beim nächstbesten Verdächtigen herein und vögle erst mal seine Nichte.«

Konsul Hofgeier verliert, als er mir das an den Kopf wirft, nichts von seiner freundlichen Gelassenheit. Der Mann hat mit dem Satz einen Volltreffer gelandet. Ich weiß nichts zu erwidern und suche im Raum irgendetwas, an dem sich mein Blick festhalten kann. Die Glut der runtergebrannten Camel verbrennt mir die Finger, ich muss die Kippe in den Aschenbecher fallen lassen. »McBride, wissen Sie eigentlich, wo Sie hier gerade sind?«

»Auf Ihrem Privatbesitz, dem ehemaligen Grandhotel Falkenhorst.«

»Beides richtig. Und wo noch?«

»Keine Ahnung. Wird das jetzt ein Quiz?«

»In der ehemaligen Zentrale des amerikanischen Militär-Gouvernements Hessen.«

»Okay.«

»Ich möchte Ihnen etwas zeigen. Kommen Sie mal mit.« Der Konsul erhebt sich ohne weitere Erklärungen und geht voran. Ich folge ihm durch das Gebäude zwei Etagen aufwärts. Wir gelangen zu einer Dachbodentür, die mit einem Handriegel geschlossen ist. Hofgeier entsperrt den Riegel und öffnet mit einem Ruck die klemmende Tür.

»Kommen Sie!«, fordert er mich auf, hinter ihm über die Holzstiege, die mit Spinnweben verklebt ist, auf den Dachboden zu klettern. »Die Amis haben nach ihrem Abzug im Haus vieles liegen gelassen. Hier lagern noch die gesamten Personalunterlagen der ehemaligen Streitkräfte des siebten US-Corps. Von 1947 bis 1989.« Hofgeier fährt mit dem Finger an verstaubten, alphabetisch geordneten Regalen mit Karteischildern entlang. Bei einer Kiste mit dem Buchstaben »M« stoppt er. Auf dieser Kiste liegt kein Staub.

»›M‹ wie ›McBride‹. Da haben wir's ja. Ihr Vater hat Ihnen nicht viel mehr als seinen Namen hinterlassen, richtig? Interessiert es Sie, was für ein Mensch er gewesen ist? Bitte, bedienen Sie sich.«

Hofgeier tritt zur Seite und gibt den Weg zu dem Aktenregal frei. Er verschränkt die Arme und lächelt mir aufmunternd zu. Mein Herz pocht in den Kniekehlen. Ich öffne mit zittrigen Fingern die Kiste, ziehe den Ordner mit »Mc« heraus und blättere die Karteikarten durch. Zum ersten Mal in meinem Leben habe ich die Möglichkeit, zu erfahren, wer mein Vater ist. Diese Kiste wird mir die Fragen zu meiner Existenz, nach der Herkunft meines Ichs beantworten. Meine Mutter hat sich ihr Leben lang geweigert, mir etwas über ihn zu erzählen. Sie wollte nicht an dieses Kapitel ihres Lebens erinnert werden. Es tat ihr weh, darüber zu sprechen.

Eines Tages hat sie mir schließlich berichtet, wem ich meine Existenz zu verdanken habe. Ihr Mann, mein Vater, der US-Soldat McBride, sei nicht, wie verabredet, zu meiner Geburt im Frankfurter Marienkrankenhaus erschienen und habe sich danach nie bei seiner Familie gemeldet. Auf Nachfragen meiner Mutter habe die US-Army mitgeteilt, dass er in die Vereinigten Staaten ausgereist sei. Es sei sinnlos, ihr Fragen über meinen Vater zu stellen, weil sie keine Antworten für mich hätte, erklärte mir meine Mutter. Also ließ ich es bleiben.

Als Kind stellte ich mir alles Mögliche vor, wer oder was mein Vater, der Mann mit dem schottisch klingenden Namen McBride, gewesen sein könnte. Je nach pubertärer Stimmungslage wurde daraus der Nachfahre eines Adligen aus den schottischen Highlands oder ein tougher Kneipenschläger aus Nashville.

Im Internet boten sich natürlich einige McBrides als Vater-Kandidaten an. Nachdem ich fünf Personen, die als Väter hätten infrage kommen können, erfolglos kontaktiert hatte, stellte ich die Suche ein. Es ist merkwürdig: Man hat in seinem eigenen Beruf oft keine Lust tätig zu werden, wenn es sich um Dinge handelt, die einen persönlich betreffen. Wie das Sprichwort sagt: Der Schuster trägt die schlechtesten Schuhe. Aber auch wenn die Frage nach meiner Herkunft verblasste, habe ich sie nie ganz aus meinem Bewusstsein verdrängen können. Ich blättere die Karteikarten der im Jahr 1978 in Frankfurt stationierten US-Soldaten mit den Anfangsbuchstaben Mc durch.

Da ist er. Die Ähnlichkeit ist offensichtlich. Das ist mein Vater. Die Zeitdaten stimmen. Ich ziehe die Karteikarte mit dem Foto heraus. Frank Lloyd McBride, Attilery Sergeant Major. Ein Mann mit dunkeln, kurz geschnittenen Haaren, viereckigem Gesicht, hellen Augen und einem Kinngrübchen. Ein gut aussehender Kerl in Uniform, der für das US-Army-Registrierungsfoto spöttisch in die Kamera blickt. Der Mann, dem ich meine Existenz und meinen Nachnamen verdanke. Sonst nichts.

Für mich gab es nie Ein »Frag mal Papa, wie das geht«, kein »Guck mal, was ich gebaut habe, Papa«. Keine väterliche Erziehung, keinen väterlichen Schutz. Und heute Nachmittag strahlt mich mein vermisster Erzeuger auf einem Pappdeckel der US-Army von einem Schwarz-Weiß-Foto an. Das Arschloch, das eine Woche vor meinem Geburtstag, am 20. Juni 1978, zurück in die USA gereist ist und nie wieder was von sich hören ließ. In seinen Daten ist als Geburtsort Jackson, Wyoming, 1. April 1950 eingetragen. Er kam als Sergeant nach Westdeutschland und ging als Sergeant Major, immer noch ein unterer Dienstgrad, zurück in die Vereinigten Staaten. Die Akte verzeichnet vier Einträge wegen Ungehorsam gegenüber Vorgesetzten und einige Schlägereien, darunter die Beteiligung an einer Massenschlägerei in einer Diskothek in Frankfurt-Sachsenhausen mit zahlreichen Verletzten an Heiligabend 1977. Also war er doch eher die Nashville-Variante meiner pubertären Idealvorstellungen eines väterlichen Helden.

»Meinen Vater haben Sie recherchiert, sobald Sie wussten, dass ich mit der Suche nach dem Rezept beauftragt wurde, Herr Konsul?«

»Natürlich, McBride. Ich bin gern informiert über Dinge, die mich betreffen – könnten. Ihre Auftraggeberin, Muriel von Stromberg, ist übrigens ein alte Freundin von mir.«

»Hm. An welcher Stelle sind Sie durch meine Person betroffen?«

»McBride, das wissen Sie nur allzu gut. Sie sind, genau wie ich, auf der Suche nach dem Rezept des Jüngsten Gerichts. Ich bin, wie Ihnen bekannt ist, Vorsitzender der Nation Of The Beautiful in Frankfurt. Wir glauben an die Erneuerung unserer Gesellschaft durch die Veränderung unserer Ernährungsgewohnheiten. Wir können und werden mit einer neuen Ernährung zu einem neuen Bewusstsein gelangen. Die Manifestierung, die sichtbare Krone dieser Überzeugung, ist die einzigartige Speise des Jüngsten Gerichts. Das Wunder des keltischen Rezepts, das nur alle fünfzig Jahre erscheint. Das Jüngste Gericht ist, wenn Sie so wollen, unser himmlisches Manna. Verzeihen Sie, McBride, wenn meine Ausführungen enthusiastisch klingen. Aber ich halte die Ernährungsfrage für die Schlüsselfrage der Zukunft unseres Planeten.«

»In Ordnung, Herr Konsul. Das ist alles sehr interessant.«

»Kommen Sie, gehen wir wieder runter. Hier oben holt man sich ja eine Staublunge. Wollen Sie sich die Akte mitnehmen? Oder das Foto? Hier hat niemand mehr Verwendung dafür.«

Einen Moment zögere ich, mir wenigstens das in die Akte genietete Foto herauszureißen. Und dann? Klebe ich das Ding in einen Ikea-Rahmen und stelle es auf meinen Schreibtisch? Oder stecke ich es in die Klarsichthülle des Portemonnaies zu den Fotos meiner Mutter und des Opel GT? Nein, Frank Lloyd McBride, du hast dich siebenunddreißig Jahre nicht blicken lassen. Jetzt brauche ich dich auch nicht als Schwarz-Weiß-Foto. In diesem Moment tritt mir ein Satz vor die Augen, der mich unausgesprochen schon mein ganzes Leben begleitet und der sich in dieser Situation erstmals in klaren Worten formuliert: Es gibt nur dich, Jürgen McBride.

»Danke, Herr Konsul. Glückwunsch zu Ihrer schönen Sammlung. Wäre schade, wenn Sie ab heute unvollständig sein würde.«

Der Konsul hat eine andere Reaktion erwartet. Man spürt, wie wenig dem Mann meine Antwort passt. Er verlagert den Schwerpunkt seiner breitbeinigen Haltung zur Seite und macht einen Schritt zurück. Der Konsul hat unwillkürlich die Position eines Boxers eingenommen, der sich vor einem Schlag stabilisiert. Ich weiche wenige Zentimeter zurück. Der Konsul registriert meine Reaktion und stellt augenblicklich seine ruhige, breitbeinige Körperhaltung wieder her. Dann lächelt er mich in seiner typischen Mischung aus Wohlwollen und Dominanz an.

»Lassen Sie uns runter in mein Büro gehen, McBride.« Konsul Hofgeier öffnet eine Doppeltür, die zur Schalldämpfung von innen mit einer Lederbespannung beschlagen ist. Das Büro sieht aus wie das Besprechungszimmer in einem James-Bond-Film aus den Sechzigerjahren. Er bietet mir einen Stuhl vor seinem großen Schreibtisch an. Ich wundere mich über die Spielzeugautos, die auf dem Schreibtisch aufgereiht stehen. Es sind alle wichtigen Opel-Fahrzeuge der großen Opel-Jahre 1960 bis 1980. Der A-Kadett von 1957, der C-Rekord von 1966, der A-Manta von 1970. Konsul Hofgeier spielt gedankenverloren mit einem GT von 1972, einer originalgetreuen Miniaturnachbildung meines Opels. Sogar die Farbe, das Opel-Orange, stimmt. Er lässt ihn auf der Schreibtischplatte hin und her rollen.

»Wie wär's mit einem Glas schönen alten Cognacs, McBride? Die Sache mit ihrem Vater war bestimmt nicht einfach für Sie. Nicht zu wissen, wer man eigentlich ist. So was prägt einen Mann. Äußerlich wird man vielleicht härter. Aber wie sieht es in uns drinnen aus? Wir haben alle eine weiche Stelle, McBride. Jeder von uns. Ich auch.«

»Ein Bierchen wär mir lieber.«

Der Konsul hebt seine Schultern. »Also gut, dann ziehe ich mir auch noch eins.« Konsul Hofgeier geht rüber zum Barschrank und nimmt zwei Dosen Binding Export aus dem Kühlfach. Zischend lassen wir die Luft aus den Dosen. Der Mann hat natürlich recht.

Klar, habe ich eben beim Blättern im Familienalbum auf dem Dachboden weiche Knie gekommen. Aber das werde ich dem Schnarchsack von Konsul nicht unter die Nase reiben.

Mit einem »Prösterchen« halte ich die Halblitereinheit Binding Export hoch. Ein eisgekühlter Schwall der Ambrosia aus der Frankfurter Traditionsbrauerei rinnt durch meine Kehle und spült alle frühkindlichen Irritationen in Richtung Verdauungsorgane. Konsul Hofgeier schaut mich freundlich an und lässt den Opel GT auf der Schreibtischplatte zum Spaß ein bisschen gegen die Binding Bierdose rollen.

»Das mit den Opel-Modellen ist so ein kleines Steckenpferd von mir. Die meisten Wagen habe ich übrigens im Original drüben in der Halle stehen. Was Marken angeht, bin ich sehr altmodisch. Eine treue Seele, wie man so sagt. Wenn ich mich für etwas entschieden habe, dann bleibe ich dabei. Ich weiß nicht, ob ein Mann Ihrer Generation das verstehen kann, McBride. Übrigens, mit einem Opel Ascona A habe ich 1982 an der Rallye Le Mans-Marseille teilgenommen und bin immerhin neunter geworden. Acht Plätze hinter Walter Röhrl, falls ihnen der Name noch etwas sagt. Ich kann Ihnen gerne den Wagen drüben in der Halle zeigen. Vielleicht haben Sie Lust, auf dem Gelände eine Runde zu drehen. Der Ascona ist zwar nicht mehr der Jüngste, aber hat immer noch mächtig Dampf. Genau wie ich.« Dem Konsul entwischt ein Lachen.

»Waren das Ihre Leute, die mich vorhin mit dem Dodge-Pick-up über den Haufen fahren wollten, Hofgeier?«

»Konsul Hofgeier, bitte! Oder wenigstens Herr Hofgeier. Nein, wir haben keinen Dodge im Fuhrpark. Sie fühlten sich bedroht? Auf meinem Grund und Boden?«

»Nein. Der Angriff passierte draußen auf der Straße, aber der Wagen kam aus Ihrer Einfahrt.«

»Das könnte mein Geschäftspartner Cornetto Caretta gewesen sein, der Verlobte meiner Nichte Sophia. Wir hatten hier heute Mittag eine Besprechung. Geschäftlich. Bestimmt war das ein Versehen. Cornetto ist manchmal ein rechter Hitzkopf. Italiener eben«, lächelt der Konsul.

»Sophia ist verlobt?«

»Ja.« Der Konsul grinst mich an und droht mir ironisch mit dem Zeigefinger.

»McBride, McBride, Sie werden sich doch nicht wegen eines Fünf-Minuten-… tss, tss, tss! Sie müssen die Sache am Pool nicht so ernst nehmen. Wissen Sie, ich habe Sophia sehr liberal erzogen. Bitte missverstehen Sie das nicht, McBride. Sophia ist sehr wählerisch. Sie sollten sich geschmeichelt fühlen. Immerhin ist sie ja noch keine verheiratete Frau. Die Liebe geht manchmal keine geraden Wege. Das ist meine Erfahrung, die Erfahrung eines Mannes, der von sich sagen kann, dass er die Welt gesehen hat. Jeder sollte sich nehmen, was er braucht, denke ich. Egal ob Mann oder Frau. Das Leben ist kurz und vergänglich.« Der Konsul stützt nachdenklich seinen Löwenkopf auf seine Pranke. »Für einige von uns ist es viel zu kurz. Das Leben ist eine Krankheit mit tödlichem Ausgang, nicht wahr? Aber wir können unser Schicksal selbst bestimmen. Mit dem Jüngsten Gericht ist das möglich.«

Mir wird die schwarzseherische Esoterik dieses Konsuls zu bunt. Nachdem ich die Geschichte über meinen Vater erfahren habe, habe ich keine Lust, seinem Geschwätz weiter zuzuhören.

»Okay, Hofgeier, ich muss dann mal weiter. War nett bei Ihnen. Danke für das Bierchen.«

»Hören Sie, McBride, überlegen Sie genau, zu wem Sie gehen, wenn Sie das Rezept gefunden haben. Ich könnte Ihnen sehr nützlich sein.«

»Inwiefern?«

»Ganz einfach: Bei mir sitzen Sie nicht am Katzentisch, wenn gekocht wird.«

»Das soll heißen?«

»Das heißt ganz einfach, dass ich das Gericht nur für zwei Leute brauche. Die dritte Portion, die immerhin fünfzig Jahre lang ein sorgenfreies Leben garantiert, ist noch frei. Das wäre dann Ihre, McBride.«

»Wer bekommt die beiden anderen Teller?«

»Das geht Sie nichts an.«

»Ich danke Ihnen für das freundliche Angebot, aber ich glaube nicht an diesen ganzen Quatsch. Außerdem führe ich einen Auftrag aus, wenn ich ihn angenommen habe. Da bin ich ganz treu und altmodisch, Herr Konsul Hofgeier. War ein sehr interessanter Nachmittag hier bei Ihnen. Also dann, tschüssikowski, die Arbeit ruft.«

Konsul Hofgeier lässt abermals das Opel-GT-Spielzeugauto gegen die Bierdose fahren. Diesmal so fest, dass Bier aus der Dose schwappt und die Motorhaube des Modellautos aufspringt.

»Na schön, McBride. Wie Sie wollen. Was die Suche nach dem Rezept angeht – da sind wir ab jetzt Gegner.« Hofgeiers Blick hat sich verändert. Der gutmütige, verschmitzte Ausdruck in seinem Gesicht ist verschwunden. Er hält mir die Tür auf und drückt mir beim Abschied die Hand zu Brei.

»Gute Fahrt, McBride«, grüßt er kalt.

# BLUMENKOHL AUS MANNHEIM

*Donnerstag, neunter Juli, Frankfurt-Preungesheim, Volkshochschule*

Am späten Donnerstagnachmittag des neunten Juli 2015 sitze ich auf der Fensterbank im dritten Stock und lasse die Beine aus meinem Loftfenster baumeln. Die lähmende Hitze hat meine Nachbarn und mit ihnen den Lärm ihrer sinnlosen Geschäftigkeit vom Hof der Gummistiefelfabrik vertrieben. Ich meditiere über dem malerischen Anblick der Tautropfen, die chaostheoretisch nie auf den gleichen Wegen an meiner eisgekühlten Binding Bierdose herunterlaufen, als mein Mobile mit dem Song »You ain't nothing but a hound dog« des King of Rock 'n' Roll aufschrillt. Auf dem Display erscheint die Nummer der Rechtsanwältin Muriel von Stromberg. Ich klemme mir das Handy hinters Ohr und eine frische Camel zwischen die Zähne.

»Guten Morgen. Detektivbüro McBride. Sie sprechen mit Jürgen McBride. Wie kann ich Ihnen helfen?«

»Sehr witzig, Jürgen. Hier ist Muriel. Die ersten drei Tage deiner Auftragszeit sind um. Frage: Was hast du unserer Kanzlei über den Verbleib des Rezeptes bisher berichtet? – Antwort: nichts! So werden wir unsere Zusammenarbeit nicht fortsetzen, mein Lieber. Mein Mandant wünscht einen Zwischenstand, eine konkrete Information, irgendwas. Und zwar asap, das heißt noch an diesem Wochenende. Wir bezahlen dich nicht, damit du dich an irgendwelche jungen Dinger ranschmeißt.« »Welche jungen Dinger?«, werfe ich ein.

»Denkst du vielleicht, dass Michelle Mutzenbacher sich für dich interessiert, weil du so ein toller Hecht bist? Sie ist scharf auf das Rezept und nicht auf dich, McBride. Du bist viel zu alt für sie. Die Vögel pfeifen in Frankfurt von den Dächern, dass du als Detektiv beauftragt bist, das Rezept zu finden. Wenn du das Rezept in den Klauen hast, wird es dir irgendein Geier wegschnappen, bevor du Piep sagen kannst.«

»Du meinst, ich werde bei meinen Nachforschungen beobachtet, damit ich jemanden zu dem Rezept führe?«

»Mann, McBride, was denn sonst? Pass auf, mit wem du dich abgibst. Ich erwarte innerhalb der nächsten zwei Tage Ergebnisse. Ich will eine echte Spur. Ende und over.«

Muriel von Stromberg hat aufgelegt. Sie scheint über meine Ermittlungsschritte informiert zu werden, von wem auch immer. Na schön. Ihre Vermutung über Michelle ist aber kein Hinderungsgrund, mich weiter mit ihr zu treffen. Je näher ich einer an dem Rezept interessierten Person komme, desto näher komme ich dem Rezept selbst. Heute Abend bietet sich die nächste Gelegenheit: der esoterische Kochkurs, den mir Michelle genannt hat.

Im Programmheft der Frankfurter Volkshochschule,

Zweigstelle Liselotte-Donner-Haus in Frankfurt-Preungesheim konnte man im Kursangebot des Sommersemesters im Jahr 2015 in der Rubrik »Achtsamkeit und Ernährung« folgende Beschreibung eines Kochkurses lesen: .
»Spirituelles Kochen für Anfänger. Wir erleben Lebensmittel unmittelbar. Seminarleitung: Beat Strohgluth. Donnerstag, neunzehn Uhr, Raum Eichhörnchen.

Im respektvollen Miteinander lernen wir Lebensmittel pflanzlicher Herkunft als unsere Mitgeschöpfe zu verstehen. Wir erleben ihre feinstofflichen Energien durch Tasten, Riechen und Schmecken. Mit Achtsamkeit bereiten wir gesunde Gerichte in rohem und gekochtem Zustand. Die empathische Beschäftigung mit den Wesenheiten, die wir tagtäglich in unseren Körper aufnehmen, führt bei den Seminarteilnehmern zu tief greifenden spirituellen Selbsterfahrungen und der Infragestellung des eigenen Seins. Die gemeinsame Mahlzeit im Kurs dient nicht der körperlichen Sättigung, sondern leitet über zum Verständnis der kosmischen Sprache unserer Nahrung. Im Fortgeschrittenenseminar werden wir lernen, zunächst mit wenig und später mit gar keiner Nahrung auszukommen.«

Das Kochseminar, auf dem ich Michelle zu treffen hoffe, hat vor zehn Minuten begonnen. Auf der Veranstaltungsliste, die unten am Informationsschalter aushängt,

wird der Abendkochkurs für den Raum »Eichhörnchen« angekündigt, der auf dem Flur »Tiere unseres
Waldes« zu finden ist. Man hat im Lieselotte-Donner-
Haus ganz bewusst auf eine Beschriftung der Semi-
narräume mit Zahlen und Buchstaben zugunsten von
Wachsmalstiftzeichnungen aus Förderschulklassen ver-
zichtet.

Orientierungslos irre ich in dem Schulungsgebäude
umher. Die Schritte meiner Cowboystiefel hallen durch
die Gänge. Bin ich schon auf dem Flur »Tiere unseres
Waldes«? Vor einer Zeichnung, auf der ein rotbraunes
Etwas mit Ohren dargestellt ist, bleibe ich stehen. Soll
das ein Eichhörnchen sein? Das könnte auch ein Pferd
in einer problematischen Situation sein. Unsicher klopfe
ich an die Tür. Als keine Antwort zu hören ist, öffne
ich sachte. Durch den Türspalt sehe ich Michelle. Hier
bin ich richtig.

Im Seminarraum riecht es verbrannt. Ein Kreis von
einem Dutzend Seminarteilnehmern gruppiert sich um
einen qualmenden Blecheimer. Über allem thront ein
Mann in einem weißen Kittel. Das muss Beat Stroh-
gluth, der Seminarleiter, sein. Der Fernsehkoch aus dem
Regionalprogramm steht auf einem Hocker und wirft
Tütensuppenpackungen von Maggi und Knorr in den
Blecheimer, aus dem Flammen hochschlagen.

»Erneuerung! Ich übergebe der Flamme: Knorr Buch-
stabensuppe. Reinigung! Ich übergebe der Flamme:
Maggi Flädlesuppe. Ich übergebe der Flamme: Knorr
Hühnersuppe. Ich übergebe der Flamme: Maggi Fleisch-
klößchensu…«

Als meine Lieblingsorte in den Feuereimer geworfen

werden soll, kann ich nicht länger an mich halten. An der Stelle muss ich einschreiten. »Stopp! Nicht die Maggi Fleischklößchensuppe. Das ist die allerleckerste Sorte.« Tatsächlich unterbricht der Seminarleiter die rituelle Suppenverbrennung. Mitten im gerechten Kampf gegen die Erzeugnisse industrieller Lebensmittelhersteller lässt er die Arme sinken und bügelt sich die Zornesfalten aus der Stirn. Sanft lächelt er in die Runde. »Danke. Das sollte für heute reichen. Öffnet bitte die Fenster.«

Beat Strohgluth springt locker vom seinem Tütensuppenverbrennungshocker und tänzelt zu mir rüber.

»Wir haben also einen neuen Teilnehmer«, spricht er mich freundlich an. Unvermittelt zwickt er mich mit zwei Fingern in den Bauch.

»Aua!« Was fällt dem Kerl ein? Merkwürdigerweise nehme ich seine Dreistigkeit ohne Protest hin. Der Seminarleiter versenkt seinen Blick in meine Augen. Es fühlt sich an, als wären wir allein in dem Raum. Beat Strohgluth beginnt konzentriert zu sprechen, mit kurzen Pausen zwischen seinen Sätzen. Wie ein Dolmetscher, der über Kopfhörer einen Text in einer fremden Sprache hört und ihn übersetzen muss. »Du bist ohne Vater aufgewachsen ... In deiner Kindheit wurde niemals Mittagessen für dich gekocht ... Du musstest dich hauptsächlich von Tütensuppen ernähren«, orakelt er aufs Geratewohl. »Dann spüre ich noch etwas in dir ... Etwas sehr schädliches, ein Nahrungsmittel ... Du hast es kürzlich aufgenommen ... Vor ein, zwei Tagen ... Und zwar ...« Der Seminarleiter schnüffelt an mir. Er scheint, meine Aura erriechen zu wollen. »Dosenravioli!«

»Das stimmt. Stimmt alles ganz genau. Das mit den

Eierravioli flasht mich jetzt echt. Das war vorgestern. Die guten Marken-Ravioli von Maggi. Die mit Fleisch in der Soße. Woher wissen Sie das alles, Herr Strohgluth?« Beat Strohgluth greift in die Tasche seines weißen Kittels, zeigt mir ein Leinensäckchen und schüttet daraus ein braunes Pulver in seine Handfläche. Er präsentiert mir das Häufchen wie ein katholischer Priester die Hostie bei der sonntäglichen Kommunion. Ich muss an die russischen und nordkoreanischen Geheimagenten denken, die zurzeit auf der ganzen Welt reihenweise mit Giftpulver exekutiert werden.»Wir werden heute mit einer Reinigung deiner inneren Organe beginnen. Keine Bange – der Wirkstoff ist rein pflanzlich. Hab Vertrauen, Jürgen! Folge nun dem Ruf der geistigen Nahrung«, flüstert er und bläst mir das Pulverhäufchen ins Gesicht.

Ich erkenne das Zeug sofort am Geruch. Das ist Tanniswurzel. Die narkotisierende Wurzelknolle, die schon in meinem letzten Ermittlungsfall für reichlich Unheil gesorgt hat. Die toxische Psychodroge, die mich bei der Jagd auf das magische Eichhörnchen beinahe das Leben gekostet hat. Tanniswurzel ist für mich das, was für Graf Dracula Knoblauch ist. Oder für Superman Kryptonit. Eine echte Knock-out-Droge.

Ich kann einen Heuballen Marihuana rauchen oder in der Bundesliga-Halbzeitpause einen Sixpack Binding Bier weghauen, ohne dass bei mir die geringste Verhaltensänderung festzustellen wäre. Aber bei Tanniswurzel schießt es mir schon die Menge einer halben Süßstofftablette das Hirn weg.

»Aber nimm doch Platz, lieber Freund«, höre ich

Beats Stimme wie aus einer leeren Tonne hallen. Seine Hand weist in Richtung eines freien Stuhls. Meine Beine setzen sich ohne mein Zutun in Bewegung. Schwerelos wie ein Astronaut auf der Mondoberfläche federe ich über den Linoleumboden des Seminarraums. Meine Hirnschale fühlt sich an wie ein mit Wasser gefüllter Luftballon. Jeder, der schon mal als Kind mit Wasser gefüllte Luftballons aus dem Fenster auf Passanten geschmissen hat, weiß: So ein Ballon platzt leicht.

Als ich den Seminarstuhl vor mir sehe, einen Stuhl, dessen Form ich aus meiner Schulzeit kenne, gerate ich darüber in sinnlose Freude. Voller Zuneigung streiche ich über die hölzerne Lehne des schlichten Sitzgerätes. Gutes Holz, guter Stuhl – Alles gut! Mir ist ein wenig schwindlig. Beat nickt mir aufmunternd zu. Mir scheint, dass ich hier den Platz gefunden habe, nach dem ich immer gesucht habe. Warum bin ich nicht schon viel früher mit diesen wundervollen Menschen zusammengekommen? Da ist ja auch Michelle. Direkt neben mir.

»Was ist los mit dir, Jürgen?«, fragt sie.

»Alles gut, alles gut«, lalle ich.

»Alles gut?« Im nüchternen Zustand hätte ich so nie geantwortet. Eigentlich kann ich diese Redensart nicht ausstehen. Die Phrase hat sich dummerweise in unseren täglichen Sprachgebrauch eingeschlichen. Als verwaschener Ersatz für klare und respektvolle Antworten wie »Ja, bitte«, »Nein, danke« oder das verbindliche »Das macht nichts«. Ab jetzt soll nicht nur irgendwas gut sein, sondern gleich »alles«. Aber wann ist denn schon wirklich »Alles gut«? Wie jeder weiß: Nie! Was passiert mit den Dingen, die nicht okay sind? Die kehrt man unter den Teppich, um die tolle »Alles gut«-Atmosphäre nicht zu stören. Die respektloseste Erscheinung der »Alles gut«-Antwort ist, wenn sie mit einem Handreiben auf den Rücken begleitet wird. So degradiert man einen Mitmenschen in die Unmündigkeit.

Nachdem sich der Rauch der Tütensuppenverbrennung verzogen hat, entfaltet die Tanniswurzel-Droge ihre volle Wirkung und rast ungebremst durch meine Adern. Ich versinke im lauwarmen Strudel des »Alles gut!«. Unter dem Einfluss der Droge erlebe ich alles, was meine Sinne aufnehmen, in vielfacher Stärke. Jedes Detail, jeder Atemzug im Seminarraum dringt direkt ins Bewusstsein. Beim Anblick einer Stubenfliege, die am Fensterrahmen entlangkrabbelt, spüre ich die tiefe Verbundenheit unser beider Existenzen. Die Schönheit der Bewegung der Staubflusen, die an meinem Stuhlbein im Luftzug einer Abendbrise wabern, rührt mich zu Tränen.

Von draußen dringt der Geruch der feuchten Erde in meine Nase. Ich höre, wie sich in der Dämmerung die Regenwürmer an die Wiesenoberfläche bohren. Die kleinen Würmer unterhalten sich bei der Arbeit. Sie kichern vergnügt. Aus den Kastanienbäumen pfeifen uns die Vögel einen Abendgruß zu. Ich trete ans Fenster und zwitschere unseren gefiederten Freunden einen lieben Gruß zurück. Den Regenwürmern werde ich später Gute Nacht sagen.

Michelle holt mich am Fenster ab und führt mich sanft zu meinem neuen Freund, dem Holzstuhl.

Beat legt seine Hände auf meine Schultern und beugt

sich zu mir. »Schön, dass du bei uns bist, mein Lieber«, flüstert er.

»Ja. Das ist wundervoll, Beat«, antworte ich. Ich bin glücklich, diesem Menschen so nahe sein zu dürfen.

»Was hat Dr. Lärche zu dir gesagt?« Beat stellt mir die Frage unvermittelt. Unter dem Einfluss der Wahrheitsdroge antworte ihm arglos.

»›Germania‹.«

»›Germania‹? Sonst nichts?«

»Dann noch: ›Sachsen‹. Nur die zwei Worte. ›Germania‹ und ›Sachsen‹.«

So abrupt wie unser Gespräch begonnen hat, endet es. Beat hat gehört, was er wissen wollte. Der Seminarleiter tritt in den Kreis der Gruppe, stemmt seine Fäuste in die Hüften und schaut sich auffordernd um.

»Und, liebe Freunde, seid ihr alle bereit für die heutige Aufgabe?«

»Wir sind bereit, Beat«, antworten die Seminarteilnehmer ernst.

»Bereit! Allzeit bereit, Beat! Alles gut«, schreie ich. Michelle staunt mich an.

»Wir bekommen eine Aufgabe. Ist das nicht herrlich, Michelle?«

Beat holt einen runden Gegenstand aus seiner Adidas-Sporttasche. Langsam entfernt er das Zeitungspapier mit dem das fußballgroße Ding einpackt ist. Als das Papier auf dem Boden liegt, hält er einen prachtvollen Blumenkohl in den Händen. Beat Strohgluth präsentiert uns das Gemüse, indem er sich mit dem Kohlkopf in der Hand um die eigene Achse dreht. Dabei schaut er jedem von uns bedeutungsvoll in die Augen. Dann legt der den Blumenkohl in der Mitte des Sitzkreises auf dem Küchenhocker ab.

»Das ist unsere heutige Aufgabe: Schaut euch diesen Blumenkohl genau an! Akzeptiert die Pflanze als euer Mitgeschöpf. Legt jede menschliche Arroganz ab. Denn Fakt ist: Dieser Blumenkohl teilt für die Dauer eines Wimpernschlags des Universums euer irdisches Lebens. Seid offen und vorurteilsfrei. Versucht die Frequenzen aufzunehmen, die der Kohlkopf euch sendet. Konzentriert euch, nehmt Verbindung zu der Pflanze auf und werdet eins mit ihr. In einer Viertelstunde, wenn das Glöckchen läutet, bin ich gespannt zu erfahren, was euch die Pflanze erzählt hat.«

Dieser Blumenkohl ist wirklich ein Prachtexemplar. Schön wie eine Blume. Kräftige grüne Blätter umhüllen die Rundungen seines schneeweißen Pflanzengehirns. Man spürt sofort, wie die reinen Gedanken des Kohlkopfes durch den Raum schwingen. Dieses bewundernswerte Wesen lässt alles menschliche Streben weit hinter sich und liegt in der ganzen Schönheit seiner ziellosen Existenz vor uns im Hier und Jetzt. Auf einem schlichten Küchenhocker. Ich wünschte, wir wären alle Blumenkohl.

»Guten Abend, Jürgen.«

Ja lecko di Arschi! Der Kohlkopf spricht mit mir. Jetzt haut es mir endgültig die Sicherung aus dem Kasten. Die Stimme des Blumenkohls hat eine angenehme, etwas tiefe Tonlage. Sie klingt dennoch eher weiblich. Ich bin mir nicht ganz sicher.

»Junge oder Mädchen?«, frage ich vorsichtshalber nach.

»Wonach klingt's denn, du Spacko?« Die Stimme spricht mit einem Pfälzer Dialekt.

»Okay, okay. Ein Mädchen, richtig? Hast du auch einen Namen?«

»Ich heiße Claudia.«

»Aus Mannheim, stimmt's?«, rate ich aufs Geratewohl.

Claudia antwortet mir nicht.

»Was ist los, Claudia? Entschuldige bitte, das ist mein Blumenkohl-Erstkontakt. Mit 'ner Mannheimerin habe ich zwar schon ... aber, sag bloß, du bist beleidigt? Wegen dem bisschen.«

Schade. Das war ein kurzes Gespräch. Sicher wäre es interessant, sich weiter mit einem Blumenkohl zu unterhalten. Das wäre eine einmalige Gelegenheit gewesen, sich ein Bild von der pflanzlichen Psyche zu machen. Aber aus Claudia ist nichts mehr herauszuholen. Sie schmollt.

Das Glöckchen läutet. Die Viertelstunde der Kontaktaufnahme mit dem Gemüse ist um. Die Wirkung des Rauschpulvers in meinem Schädel hat nachgelassen. Ganz klar im Kopf bin ich noch nicht. Immerhin klar genug, um zu checken, dass einige der Seminaristen es kaum abwarten können, ihre Erfahrungen der Runde mitzuteilen. Eine ältere Teilnehmerin schnippt sogar wie in der Schule mit den Fingern, um als Erste dranzukommen.

»Also schön, Rosemarie, dann fang du mal an«, erteilt ihr Beat Redeerlaubnis.

Rosemarie schluchzt auf. Sie kann vor Aufregung kaum sprechen.

»Gut, Rosemarie. Dann nehmen wir erst mal jemand anderen dran und du kannst später ...«

»Nein, nein, es geht schon. Es war nur... Es war so wunderschön. Ganz, ganz toll! Zuerst sind wir zusammen geflogen. Der Blumenkohl und ich. Ich habe euch alle von oben gesehen. In jeden einzelnen von euch konnte ich hineinschauen. Dann bin ich mit dem Blumenkohl zurück in die Vergangenheit, als er noch ganz klein war. Ein Samenkorn, dann kam ein Tropfen Wasser dazu und dann war er so ein Pflänzchen mit drei Blättern, die sehen ja am Anfang alle gleich aus, diese Setzlinge und dann ...«

Rosemarie will uns den kompletten Inhalt ihres Biologie-Leistungskurses aus dem letzten Jahrtausend aufs Ohr drücken. Gottseidank bremst Beat ihren gymnasialen Eifer.

»Gut, danke, Rosemarie, ich glaube, dass jetzt auch mal die anderen ...«

»Und dann hat sie mit mir geredet.«

Stille. Wir sind alle gespannt, was der Kohl zu Rosemarie gesagt hat. Ich ganz besonders. Ob Claudia bei Rosemarie weniger wortkarg war als bei mir?

»Da kam plötzlich so ein weißes Glühen aus dem Inneren der Pflanze. Das war wie ein Licht aus dem Weltall, so wie ein schwarzes Loch, nur umgekehrt. Ich war umhüllt von ...«

»Was hat er zu dir gesagt, Rosemarie?«, unterbricht Beat.

»Nicht *er*, sondern *sie* hat was gesagt.«

An dieser Stelle werde ich hellhörig. Sollte Claudia tatsächlich weiter mit Rosemarie geplaudert haben? Eben nur nicht mehr mit mir?

»Sie hat gesagt, sie hätte mich ausgewählt, um eine Botschaft zur Rettung der Menschheit zu übermitteln. Ihr Name sei Achele und sie käme von einer weit entfernten Galaxie. So weit entfernt, dass selbst unsere stärksten Teleskope sie nicht finden können. Die Botschaft, die Achele mir aufgetragen hat euch mitzuteilen, ist: Macht Schluss mit eurer Wissenschaftsgläubigkeit und hört auf die Überbringerinnen der alten Wahrheit. Ihr erkennt sie an ihren Kurzhaarschnitten mit spitzen Koteletten und den bodenlangen Kleidern mit Batikmustern.«

Die anderen Seminarteilnehmer blicken betreten zu Boden. Niemand will sich zu diesen Offenbarungen äußern. Man lässt Rosemaries Vortrag unkommentiert.

Die Wirkung des von Beat verabreichten Pulvers reicht nicht mehr aus, um mich ruhig zu stellen. Es platzt aus mir raus: »Das ist doch von vorne bis hinten Stuss, Rosemarie! Eine Botschaft aus dem Weltall! Von Achele. Mann, wer's glaubt wird selig! Diese Achele ist letzten Montag schon im Haus Spirutopia aufgekreuzt. Kommt die jetzt mehrmals die Woche in Frankfurt vorbei?«

»Das ist nicht die Art und Weise, wie wir hier miteinander umgehen wollen, Jürgen«, sagt Beat zu mir.

Rosemarie fängt wieder an zu schluchzen. Dicke Tränen tropfen auf die Batikmuster ihres bodenlangen Kleides.

»Wenn Rosemarie das so erlebt hat, dann steht es uns nicht zu, das infrage zu stellen. Woher willst du denn wissen, welche Wesenheit sich hinter der Erscheinung eines Blumenkohls verbirgt? Mir scheint, du würdest gut daran tun, dich von deinen konventionellen Vorstellungen zu befreien, mein Freund.«

»Ich bin nicht dein Freund. Und damit du's weißt: Der Kohlkopf da heißt Claudia und kommt aus Mannheim.« Nicht zum ersten Mal an diesem Abend schaut mich Michelle entgeistert an. Man kann's ihr nicht verdenken. Ich kann es selbst kaum glauben, dass ich diesen Satz gerade gesagt habe. Aber vor einer knappen halben Stunde habe ich mit dem Gemüse gesprochen und es hat mir geantwortet. Das Ganze muss wohl eine Sinnestäuschung gewesen sein. Langsam kehrt mein Verstand zu mir zurück.

Woher wusste Beat Strohgluth eigentlich von meiner Anwesenheit bei Dr. Lärches Tod? Darüber wird mit dem Suppentütenverbrenner noch zu reden sein. Für heute Abend bin ich froh, dass die Doppelstunde des Volkshochschulkurses vorbei ist.

Beat verabschiedet sich vorn an der Kochtheke von der immer noch schluchzenden Rosemarie. Zum Trost übergibt er ihr den Blumenkohl, den sie liebevoll an sich drückt. Rosemarie darf Claudia mit nach Hause nehmen. Die arme Claudia tut mir leid. Ihr wird es so oder so übel ergehen. Ganz gleich, ob sie bei Rosemarie direkt im Kochtopf landet und gefuttert wird oder ob sie von Rosemaries Esoterikfantasien malträtiert wird, bis ihr Blumenkohlgehirn welk ist.

Michelle und ich verlassen zusammen das Liselotte-Donner-Haus.

»Kannst du Autofahren?«, fragt mich Michelle besorgt.

»Ja, kein Problem, der Opel fährt mit Autopilot. Sollen wir dich nach Hause bringen, Michelle?«

»Nein. Ich bin mit dem Fahrrad hier. Lass uns morgen telefonieren. Schlaf dich aus!«

»Okay, bis dann.« Mir ist immer noch schwindlig. Ich finde kaum das Schlüsselloch der Wagentür. Hinter dem Opel höre ich es kichern. Ich laufe um das Auto herum, kann aber niemanden entdecken. Deutlich höre ich ein helles, vielstimmiges Kichern. Im Mondlicht sehe ich die vom Nachttau benetzten Köpfchen der Regenwürmer aus der Grasnarbe lugen. »Hihihi!«, höhnen die kleinen Kollegen. »Fresse!«, raunze ich die rotzfrechen, rotköpfigen Racker an und knalle die Autotür zu. Michelle dreht sich noch einmal um und fährt dann weiter. Höchste Zeit, dass ich nach Hause komme und mich mit ein paar Flaschen Binding Export entgifte.

# WENN DU SO BIST WIE DEIN LACHEN –
# DANN GUT NACHT!

*Freitag, zehnter Juli, Frankfurt-Bornheim, Berger Straße*

Als ich am nächsten Mittag um halb drei aufwache, liegt neben meinem Bett außer neun leeren Flaschen Binding Export eine aufgetaute Packung Iglo Rahmspinat. Dunkel erinnere ich mich, dass ich gestern Nacht noch ein sehr langes Gespräch mit dem Spinat geführt habe. Damit muss ab sofort Schluss sein. Künftig wird es keine sentimentalen Gespräche mit Gemüse mehr geben.

Mit einer heißen Dusche, hundert Klimmzügen an der Duschvorhangstange und einem Maxwell-Instant-Kaffee mit einer doppelten Portion Kaffeepulver bringe ich mich in die geistige und körperliche Form, die ein knallharter Ermittler zeigen muss, wenn er in der Hauptstadt des Verbrechens seinen Mann stehen will.

Dann rücke ich die aufgeweichte Rahmspinatpackung in Position und dresche sie mit einem Sechzig-Yards-Football-Kick durch das geöffnete Fenster meines Lofts. Der Spinat, tot oder lebendig, genießt einige Sekunden Flugzeit, bevor die Packung am gegenüberliegenden Gebäude in die Hauswand einschlägt. Exakt drei Meter über der in der Sonne trocknenden Weißwäsche von Familie Hegemann zerplatzt er quietschgrün an der Backsteinmauer.

Die Hausmeisterin, die mal wieder ihre Sonderangebotsschlüpfer zum Trocknen aufhängt, schreit auf: »Aaah! Was is des jetz? Guck dir mal die Sauerei an, Jule. Unser ganze neue Hösche sinn besprenkelt. Wo kam denn des jetzt her? Da! Beim McBride is des Fenster offen. Des bezahlter mir der Drecksack! Uff Heller und Pfennisch.«

Über die alte Feuertreppe der Gummistiefelfabrik schleiche ich mich aus dem Loft, um der Wut der aufgebrachten Hausmeisterinnen zu entgehen. Ich versuche den Parkplatz zu erreichen und mich mit dem Opel aus dem Staub zu machen. Die beiden cleveren Hausmeisterinnen durchschauen mein Vorhaben sofort. Zweimal hundertfünfzig Kilo weibliche Wut schlagen herum, um mir den Weg zum Parkplatz abzuschneiden.

Die beiden Kugelblitze sind erstaunlich schnell unterwegs. Der Opel GT lässt die Fahrertür aufspringen, als er mich über den Hof sprinten sieht. Ich stürze in den Wagen, schlage die Tür zu, drehe den Zündschlüssel um, haue den ersten Gang rein und lege einen Blitzstart hin. Bevor wir abfahren, erreicht Tochter Jule mein Auto und drischt ihre Pranken in das Heck meines Youngtimers. Der Opel GT muss die volle Leistung seiner neunzig Pferdestärken auf die Reifen bringen, um sich aus dem Griff der jungen Frau zu lösen. Endlich finden die breiten Schlappen seines Hinterradantriebs Grip auf dem Kopfsteinpflaster des Fabrikhofes und der Opel

GT donnert wie mit der Kanone abgeschossen raus auf die Gutleutstraße.

Wir fahren vom Gutleutviertel, das im Südwesten der Stadt hinter dem Hauptbahnhof liegt, quer durch die City zu einem meiner Lieblingsorte in Frankfurt, dem Günthersburgpark im Nordosten der City. Der Park ist eine der wenigen Ruheoasen in Innenstadtnähe. Dort werden wir ein bisschen unter den schattigen Laubbäumen abhängen und warten, bis sich meine beiden Hausmeisterinnen beruhigt haben.

Im Autoradio läuft ein Song von Haftbefehl, einem unserer Nationalheiligen aus dem Rhein-Main-Gebiet. Soweit ich den Text des Rap-Songs verstehe, geht es um die unerfüllten sexuellen Intentionen junger Männer im Umfeld gesellschaftlicher Widerstände an ihrem als feindlich empfundenen Aufenthaltsort. Leider kann ich den Song mit dem erfrischenden Text nicht zu Ende hören. Mein Handy stört mit einem Klingelton von Elvis. Ich nehme den Anruf an.

»McBride.«

»Hallöle! Ich bin's. Die Caro. Wie geht's dir, Jürgen?«

»Caro?«

»Carola Liebernicht. Wir haben uns doch am Montag im Westend kennengelernt.«

»Ach, die Leiterin aus dem Vortrag im Spirutopia. Danke, mir geht's gut. Wie geht's Jo, eurem Hausgeist? Wirft er noch mit Sellerie?«

»Haha! Du nimmst die Sache mit Humor. Das gefällt mir, Jürgen. Da bin ich ganz bei dir. Das war vielleicht alles etwas strange für dich. Wenn Jo in Trance gerät, sind das immer special moments. Unter uns: Wir haben alle schon mal was abbekommen. Du bist wirklich nicht der Einzige. Aber sollten wir am Ende des Tages nicht ein Stück weit bereit sein, einen solchen Hinweis erst einmal anzunehmen? Hand on heart: Wann haben wir sonst Gelegenheit, unsere andere Seite zu spüren? Selbst wenn wir dabei mit den weniger schönen Dingen in unserer Seele konfrontiert werden. Akzeptieren wir zuerst einmal unseren Schmerz and then: Let's change it to power. Denn in jeder Krise liegt ja auch ein Stück weit …«

»Sorry, Carola, ich bin gerade im Auto unterwegs. Worum geht's denn?«

»Genau … äh … richtig. Also dann mal ganz direkt: Weißt du, Jürgen, ich spüre immer, wenn jemand mit Potenzial in unsere Gruppe kommt. Dafür bin ich lange genug dabei. Lass uns jetzt bitte keine große Sache draus machen. Wärst du okay damit, wenn ich dich heute Abend zum Essen einlade? Vielleicht in einer Trattoria – ein einfaches Abendessen beim Italiener, something basic, just down to earth? Lass uns ein bisschen plaudern. Zum besseren Kennenlernen. Das wäre doch nice.«

»Okay, das passt. Ich habe heute nichts vor. 'ne Pizza geht immer. Welchen Italiener meinst du?«

»Äh, kennst du das Broccoli auf Berger Straße? Da gibt es auch andere Sachen als nur Pizza, aber – anyway. Sieben Uhr?

»Der Italiener neben dem Penny Markt auf der unteren Berger Straße? Kenne ich. Da bin ich gerne dabei.«

»Also dann bis um sieben. See you, Jürgen«, flötet Carola in ihr Handy.

»Bis um sieben«, antworte ich.

Das italienische Restaurant in der unteren Berger Straße ist nicht weit vom Günthersburgpark entfernt. Ich bin ein paar Minuten früher als verabredet da und wähle einen kleinen Tisch am Fenster mit Blick auf die flanierenden Fußgänger. Carola Liebernicht schwebt pünktlich auf die Minute die Berger Straße herunter. Sie trägt einen afrikanischen Hosenanzug mit gelben und violetten Mustern und einen Turban aus dem gleichen Stoff.

»Hallöle, Jürgen. Du bist pünktlich, das gefällt mir.«

»Hallo, Carola. Ja, ich war schon hier in der Nähe, im Günthersburgpark. Ich habe das schöne Wetter genutzt.«

»Du gehst in einen Park? Das hätte ich nicht von dir gedacht. Was hast du da gemacht?«

»Ehrlich gesagt nichts.«

»›Ehrlich gesagt nichts.‹ Herrlich!«, äfft Carola mich nach und lacht gewollt.

»Weißt du, lass uns doch erst mal bestellen. Ich habe einen Bärenhunger. Plaudern können wir ja immer noch. Kellner! Hallo! Ja, Sie mein ich. Die Karte bitte. Und bringen Sie mir schon mal einen Aperol Spritz.«

Carola Liebernicht erhält die Speisekarte und braucht keine zwei Minuten, um sich ein Gericht auszuwählen. Sie drückt einem vorbeilaufenden Kellner die Karte vor den Bauch und teilt ihm ihre Bestellung mit.

»Ich nehm die Vollkorn-Fettuccine al Pesto. Sind die auch bio?«

»Selbstverständlich, gnädige Frau.«

»Das ›gnädige Frau‹ können Sie sich sparen.«

»Sehr gerne.«

»Was ich wissen will: Sind in ihrer Pesto biologisch angebaute Kräuter oder sind das industriell produzierte Kräuter mit Pestiziden?«

»Unsere Pesto wird im Cinque Terre von unserem zertifizierten Vertragsbauern rein biologisch hergestellt. Wir lassen die Pesto auf Mauleseln über die Via Mala nach Frankfurt transportieren, gnädige Frau.«

Carola Liebernicht stutzt einen Moment. »Was? Nein! Das stimmt jetzt aber net. Das mit der Via Mala und den Mauleseln ist ein Späßle, oder? Sie wollen mich vergackeiern, gell?«

»Entschuldigen Sie den kleinen Scherz. Aber das mit den zertifizierten Vertragsbauern stimmt, Signora.«

»Schon recht. Wir haben ja Sinn für Humor, was Jürgen? Also einmal die Vollkorn-Fettuccine al pesto. Und eine Flasche Wasser. Aber nicht dieses Verbrecherwasser.«

»Wie bitte?«

»Sie wissen schon ganz genau, was ich meine. Alles, nur kein San Pellegrino. Hallo! Das ist ein Nestlé-Produkt. Das ist der Konzern, der die Wüste trocken legt. Wo leben Sie denn, Mann?«

»San Pellegrino kommt aus meinem Heimatort Bergamo. Das ist eine recht regenreiche, waldige Gegend.«

»Sie glauben wohl auch an den Weihnachtsmann.«

»Ich verstehe Sie nicht recht. Was darf ich Ihnen bringen?«

»Bringen Sie mir ein Wasser aus der Region.«

»Sie möchten ein deutsches Wasser.«

»Nein, das nicht. Also, nicht direkt.«

»Wäre Bad Vilbeler Elisabethenquelle Medium recht?«

»Perfekt. Das nehme ich.«

»Äh, ich möchte auch bestellen, bitte«, bemerke ich zwischendrin.

Carola schaltet sich ein, um zwischen mir und dem Kellner zu vermitteln: »Jetzt haben wir dich doch ganz vergessen, mein lieber Jürgen. Die italienischen Kellner sind immer so charming. Da plaudert es sich so leicht, so easy going ist das mit denen. Das kennt man bei uns gar nicht. Herrlich! Andererseits: Italienische Männer sind ja auch bekannt dafür, dass sie sehr dominant sind. Die übersehen einen schon mal. Da muss man sich bemerkbar machen, McBride. Nun sag schon, was du essen willst, Jürgen. Der Kellner wartet doch.«

»Ich nehme ein großes Bier und eine Salamipizza.«

»Si, grazie«, nimmt der Kellner meinen Wunsch auf.

»Deine Bestellung ist aber nicht grad originell, Jürgen.«

»Findest du?«

»Pizza ist außerdem so ziemlich das Schlechteste, das man essen kann.«

»Wieso das denn?«

»Na die ganz kurzfaserigen Kohlehydrate aus dem weißen Mehl, damit wird doch der menschliche Körper unglaublich belastet. Denk mal an die ganzen Gluten, die da drin sind. Der reine Krebs. Und dann Salami. No way! Weißt du, wie Salami gemacht wird? Wie so ein Produktionsprozess abläuft? Salami besteht zur einen Hälfte aus Chemie und zur anderen aus Tierquälerei. Ich stelle jetzt mal eine Vermutung an. Du musst dich nicht schämen, wenn ich richtig liege: Hast du ganz bewusst die Pizza mit Salami gewählt? Oder einfach weil man's so macht? Ich meine: ein großes Bier und eine Pizza Salami. Das ist ja grad so wie ... da fällt einem grad gar nix Blöderes ein. Jetzt sei mal bitte einen Moment ehrlich zu dir selbst, Jürgen. Du hast die Salamipizza nur bestellt, weil du dir gar keine Gedanken über dein Essen machst, richtig? Du richtest dich bei deinen Essensgewohnheiten nach der Allgemeinheit. Kann es sein, dass du dich vielleicht nicht traust, mal über den Tellerrand hinauszublicken und beim Essen mal was Neues, etwas Spannendes auszuprobieren?«

Carola lässt ihre Worte wirken und fixiert mich mit einem prüfenden Blick. Ich schaue mich über meinen Tellerrand hinaus in dem Restaurant um. Ein Tisch weiter sitzt ein Pärchen. Nicht mehr ganz jung, Mitte dreißig. Die Frau ist unauffällig, aber hochwertig gekleidet. Mit einem Kapuzenshirt aus Kaschmirwolle. Ihre langen Haare sind nachlässig mit einem Haargummi zusammengebunden. Der Mann trägt einen Anzug mit offenem Hemd ohne Krawatte. Er hat einen kleinen Bauchansatz. Vielleicht sind die beiden ein Banker-Ehepaar mit einem Kleinkind; und die beiden haben sich für eine knappe Stunde einen Babysitter organisiert, um mal wieder zu zweit essen gehen zu können. Jedenfalls haben es die beiden eilig, sich die Vollkorn-Fettuccine mit Pesto-Soße hineinzuschaufeln. Nebendran sitzt ein älterer Herr vor einer Flasche kohlensäurearmen Wasser. Verträumt blickt er aus dem Fenster und dreht seine grauen Vollkorn-Fettuccine in Pesto auf die Gabel.

»Äh, kann sein, Carola«, antworte ich.

»Na bitte, McBride. Es macht dir ja auch niemand einen Vorwurf.« Carola schlägt mir aufmunternd auf die Schulter. »Das bekommen wir schon hin!«

Unser Essen wir serviert. Carola nickt mir zu und beginnt zu essen. Sie leert ihren Teller zügig. Zwischendrin schaut sie stumm auf. Ihr Blick sagt: Schmeckt gut.

Der strenge Knoblauchgeruch der Pesto von Carolas Nudelgericht steigt mir in die Nase und vermasselt den Geschmack meiner leckeren Salami-Pizza, die als klassische und bestmögliche Pizzabelagkombination aus Tomate, Mozzarella und italienischer Salami auf meinem Teller vor sich hin duftet. Ich spüle den Knoblauchgeruch mit einem Binding Export runter.

Abgesehen von dem Knoblauch gibt es noch etwas, was hier im Restaurant stinkt. Wenn mich meine Erinnerung nicht täuscht, sitzen dort hinten, in einem Winkel des Restaurants, die beiden Galgenvögel, die mich in Kronberg mit dem Dodge-Pick-up platt fahren wollten. Nach Gustavs Beschreibung können die Burschen niemand anders sein als Cornetto Caretta und sein Leibwächter Luca Brasi. Um sicher zu gehen, wechsele ich einen Blick mit dem Opel GT, der draußen auf der Berger Straße direkt vor dem Restaurant parkt. Der Opel blendet mir kurz auf. Okay, das sind die beiden.

Ein kleiner Mann im Maßanzug mit nach hinten gekämmten öligen Haaren. Ein großer untersetzter Kerl mit einem olivgrauem Gesicht und buschigen Augenbrauen. Die beiden unterhalten sich mit dem Koch, der sich kurz zu seinen Landsleuten gesetzt hat. Jetzt dreht sich der ölige Kerl im Maßanzug zu mir um. Ich proste den Dreien mit meinem Binding Export zu. Die Männer wenden sich ab und stecken die Köpfe zusammen. Warum wollte mich der kleine Mann mit dem großen Auto überfahren? Die Kontaktaufnahme mit seiner Verlobten hat erst danach stattgefunden.

Carola Liebernicht hat ihre Knoblauch-Pasta aufgefuttert und kratzt mit dem Weißbrot die Soßenreste vom Teller.

»Entschuldigst du mich bitte einen Augenblick?«, unterbreche ich Carola. »Ich möchte kurz einem Bekannten Guten Abend sagen.«

»Was? Nein. Stopp, Jürgen! Das gibt's doch wohl nicht ... also ... ich meine, wir wollten noch ein bisschen miteinander plaudern, oder?«

»Ich bin gleich zurück, Carola.«

Ich trete an den Tisch mit den drei Männern heran.

»Guten Abend, die Herren.«

Der Koch gibt mit einem »Buona sera, signore« seinen Stuhl frei.

»Setzen Sie sich, McBride«, fordert mich Caretta auf.

»Danke, ich stehe lieber. Wird nicht lang dauern.«

Der Leibwächter greift mit seiner sizilianischen Eisenbiegerpranke meinen Oberarm und zwingt mich auf den Stuhl nieder.

»Lass ihn, Luca«, hält Cornetto Caretta seinen Bodyguard zurück. »Ich bitte Sie in aller gebotenen Höflichkeit, mit allem Respekt unter Ehrenmännern: Bitte setzen Sie sich einen Augenblick zu uns, Signore McBride. Es ist unpassend an einem Restauranttisch zu stehen und von oben herab auf zwei Personen zu sprechen.«

»Das sehe ich ein, Herr Caretta.« Ich reibe mir die

Druckstelle aus dem Arm und setze mich an den Tisch mit der rot-weiß karierten Tischdecke. Drüben am Fensterplatz renkt sich Carola Liebernicht die Halswirbel aus, um etwas von unserem Gespräch mitzubekommen.

Cornetto Caretta kneift ein Auge zu und fragt mich:
»Welchen Tag haben wir heute, Signore McBride?«
»Es ist Freitag, der zehnte Juli 2015, Herr Caretta.«
»Molto corretto, mio signore. Was bedeutet das für uns beide?«
»Wochenende?«, grinse ich.

Luca Brasi will schon wieder auf mich losgehen. Sein Chef bremst ihn mit einem Fingerwink. Conny Caretta beugt sich über den Tisch vor, legt seine manikürte Hand auf meine und erklärt mit leiser Stimme:
»Es bedeutet, dass Sie und ich noch eine Woche Zeit haben, um das Rezept zu finden. Ich mache Ihnen jetzt ein Angebot, das Sie nicht ablehnen können: Werden Sie mein Partner, McBride. Sie wissen, dass das Rezept nur bei genau drei Leuten wirkt. Das können die drei Leute sein, die hier heute Abend am Tisch sitzen. Meine Wenigkeit, Luca und Sie, McBride. Wenn sie das Rezept eher finden als ich und damit zu mir kommen, zahle ich ihnen on top fünfzigtausend Euro. Das verspreche ich Ihnen in die Hand. Und ein Cornetto Caretta aus Capri hält sein Wort.«

Luca Brasi schließt die Augen und bewegt zur Bezeugung des ehrenwerten Vertragsangebots seinen massiven Stierschädel auf und ab.

»Das ist weit mehr als das Taschengeld, mit dem Ihre alberne Kanzlei Sie abfinden will. Die fünfzig Jahre

Unsterblichkeit bekommen Sie gratis dazu. Con multo esperto, signore – so jung sind Sie auch nicht mehr, dass Sie mein Angebot ablehnen sollten. Sie wissen selbst am besten: Das Leben kann kurz sein. Ihr Beruf ist nicht ungefährlich.«

Conny und Luca schauen sich an und ziehen die Mundwinkel nach oben.

»Denken Sie darüber nach, was ich Ihnen gesagt habe, mein Freund«, fordert mich Cornetto auf.

»Fährst du einen braunen Dodge-Pick-up, Cornetto?«

»Ich mag es nicht, wenn Sie mich duzen, McBride. Ein Dodge? Kann schon sein. Wir haben mehrere Autos. Ist unser Dodge braun, Luca?«

Luca Brasi schaukelt belustigt auf dem für ihn viel zu kleinen Restaurantstuhl. »Braun? Ich weiß nicht genau, Herr Caretta«, feixt er.

Ab hier bringt mir das Gespräch keinen substanziellen Nutzen mehr. »Man sieht sich, Conny«, beende ich die Unterhaltung und stehe auf.

»Si, si! Schön aufpassen beim Spazierengehen, Jürgen.«

Jetzt können die schmierigen Typen nicht mehr an sich halten. Sie glucksen vor Lachen. Ich drehe mich noch mal um, lege dem lachenden Cornetto aus Capri die Hand auf die Schulter wie bei einem alten Freund und flüstere ihm ins Ohr, ohne dass sein Leibwächter mithören kann. »Ich war mit Sophia schwimmen. Deine fünfzigtausend darfst du dir da hinstecken, wo es ganz dunkel ist, Conny.«

Cornetto Carettas Gesicht schockgefriert vor Hass.

»Was hat er gesagt, Boss? Soll ich ihn …?«, braust Luca Brasi auf.

»Nein. Warte. Nicht hier«, hält Cornetto Caretta seinen italienischen Schlachterhund zurück.

Als ich an meinen Tisch zurückkehre, ist Carola Liebernicht bereits gegangen. Ich winke nach dem Kellner.

»Bezahlen bitte. Ich hatte zwei Bier und eine Salamipizza.«

»Esattamente. Und einen Aperol, eine bottiglia Elisabethen Quelle, die Fettuccine al pesto und einen Fernet-Branca.«

Ich bezahle die Rechnung und frage den Kellner, wann meine Begleitung gegangen ist.

»Ziemlich bald, nachdem Sie den Tisch gewechselt haben. Vorher hat sie sich noch über unsere Fettuccine beschwert. Sie wären nicht al dente. Aber wissen Sie, Vollkorn-Pasta hat einen anderen Biss. Ich bedaure, dass es der Dame nicht geschmeckt hat. Darf ich Ihnen einen Espresso aufs Haus bringen, signore?«

»Danke.«

»Buona sera, signore.«

# DUNKLE MATERIE

*Freitag, zehnter Juli, Frankfurt-Gutleutviertel*

Der Opel GT wartet vor dem Broccoli auf mich. Die beiden Italiener sitzen noch im Restaurant. Cornetto Caretta redet auf Luca Brasi ein und gestikuliert mit Händen und Füßen. Man sieht, dass der Kerl völlig aus dem Häuschen ist. Der Opel lässt es sich nicht nehmen, noch einen drauf zu setzen, und hupt zweimal zum Abschied. Der Obermafiosi Caretta winkt ironisch zurück und zieht dann seine Handkante mit einer Halsabschneidebewegung unter seinem Kinn durch.

Früher oder später werden wir beide, Cornetto Caretta und ich, ausmachen müssen, wem Frankfurts Straßen gehören.

Die Strecke von Frankfurt-Bornheim bis nach Hause ins Gutleutviertel kennt der Opel im Schlaf. Wir cruisen bei offenen Fenstern durch die sommerliche City. hr3 bringt die Wettervorhersage. Es bleibt heiß, nachts gibt es kaum Abkühlung. In fünf Minuten werde ich ein eiskaltes Binding Bierchen aus dem Kühlschrank ziehen und vor dem TV eine Tüte Crunchips auf meinem Sofa verkrümeln. Was ich zu diesem Zeitpunkt nicht ahnen kann: Zwanzig Kilometer weiter, im Taunusgebirge, arbeitet gerade jemand an meinem Verderben.

Das kreischende Geräusch, das entsteht, wenn ein mehrere hundert Kilo schwerer Metallblock über einen Marmorboden geschoben wird, ist so übermäßig laut, dass es die Scheiben der hohen Sprossenfenster in dem ehemaligen Hotel-Foyer zum Klirren bringt. Der Mann, der das Geräusch verursacht, beißt sich vor Anstrengung auf zwei kerzengerade Reihen schneeweißer Keramikimplantate. Noch einen guten Meter, dann hat er es geschafft. Dann wird er die schwere Bronzefigur von dem fünfzackigen Pentagramm im Marmorboden heruntergeschoben haben. Der massige Kerl muss, obwohl er über weit mehr Körperkraft verfügt als ein durchschnittlicher Mann, einen Moment verschnaufen. Heiß pumpt das Blut in seinen Arm- und Beinmuskeln.

»Onkel, was machst du da?«

Der Konsul strafft seinen von der schweren Arbeit gekrümmten Rücken. Bevor er antwortet, will er sich beruhigen. Oder besser: Sich bemühen, einen ruhigen Eindruck zu machen.

»Nichts, mein Liebes. Geh bitte wieder ins Bett.«

»Aber bei dem Krach kann keiner schlafen, Onkel. Warum verschiebst du denn meine Skulptur?«

»Bitte, Sophia, leg dich wieder hin. Das hier ist gerade notwendig ... und anstrengend.«

»Aber ich ...«

Weiter kommt Sophia mit ihrer Frage nicht. Der Konsul spannt seinen Stiernacken an. Die Halsschlagadern treten dick hervor wie Lakritzstangen. Er bellt die junge Frau an, die verschlafen in einem T-Shirt auf der Galerie steht:»Geh ins Bett, sage ich!« Sophia bricht in Tränen aus und fliegt wie ein Wattebällchen zurück in ihr Schlafzimmer.

Konsul Hofgeier hat den schwersten Teil der Arbeit hinter sich. Er wischt seinen Schweiß, der auf das fünfzackige Sternmosaik des Marmorbodens tropft, mit einem Handtuch vom Boden auf. Er entzündet die fünf roten Friedhofskerzen, die er gestern Nachmittag im Rossmann Drogeriemarkt gekauft hat, mit einem Bic-Feuerzeug und platziert sie präzise auf den Spitzen des Pentagramms. Der folgende Teil der Zeremonie zeichnet ein Lächeln auf sein Gesicht. Er nimmt die Halbliterdose Binding Export, öffnet sie, nimmt einen Schluck und stellt sie genau in die Mitte des magischen Fünfzacks.

»Auf dein Spezielles, McBride!« Das Lachen des Konsuls hallt schaurig durch das Foyer des Palais. Der Mann, der immer mehr einem Tierwesen ähnelt, nimmt das Modellauto zwischen seine massigen Finger, setzt sich wie ein kleiner Junge auf den glatten Steinboden und lässt die Opel-GT-Miniatur mit Karacho in die Bierdose krachen. Das Bier schwappt aus der Dose, die Motorhaube des Opels springt auf. Mit zufriedener Miene schaut sich der Konsul die Szenerie an, nimmt die Bierdose hoch, leert sie in einem Zug und zerquetscht sie. Dann zertritt er das unschuldige Modellauto, indem er sich auf der Hacke seines Maßschuhs über dem kleinen Opel dreht. Danach kickt er das Spielzeug quer durch die Halle.

Der Opel und ich sind schon fast zu Hause, in Sichtweite der Einfahrt zum Hof der Gummistiefelfabrik. Der Opel verlangsamt das Tempo. Gleich werden wir in die Hofeinfahrt zu unserem Loft abzubiegen. Plötzlich beschleunigt der GT und rast an der Einfahrt vorbei. »Hey Opelchen, du hast die Einfahrt verpennt«, rufe ich meinem Freund zu.

Der Opel reagiert nicht. Er ist nicht ansprechbar. Mit starrem Blick aus seinen Klappscheinwerfern heizt er über die Gutleutstraße. Ich trete das Bremspedal bis zum Anschlag nach unten. Ohne Wirkung. Der Opel reagiert nicht. Er zieht von der Fahrbahn ab nach rechts auf den Bürgersteig. Ich reiße das Lenkrad herum, um zurück auf die Straße zu steuern. Die Lenkung blockiert.

In Zeitlupe nehme ich wahr, wie eine Litfaßsäule, die mit einer Werbung für Binding Dosenbier plakatiert ist, vor uns auftaucht. Neunhundert Kilo Metall schlagen mit einem Knall in den massiven Betonklotz ein. Der Opel GT bohrt sich wie ein Torpedo in die Betonsäule. Die Motorhaube springt auf und segelt an meinem Seitenfenster vorbei. Wie ein »Jack in the Box«-Teufel poppt der Motorblock des Opel vor der zerborstenen Windschutzscheibe auf. Mein Kopf schlägt gegen das Lenkrad.

Als ich aus meiner Ohnmacht erwache, läuft mir Blut von der Stirn übers Gesicht. Sonst bin ich, bis auf ein paar Prellungen, unverletzt. Ich klettere aus dem Wagen. Die Fahrertür muss ich dazu nicht öffnen, weil sie nicht mehr vorhanden ist. Als ich sehe, was mein bester Freund abbekommen hat, wird mir schwindlig.

Die Frontpartie des Opel GT ist stark verkürzt. Alle Scheiben sind zersplittert. Von dem Auto ist nur das Heck heil geblieben. Kühlwasser läuft aus dem Motorraum auf die Straße. Am Unfallort riecht es nach zerrissenem Metall. Wer diesen Geruch kennt, weiß, dass es kaum einen grässlicheren Geruch gibt. Was mich wirklich in Panik versetzt: Mein Opel ist vollkommen leblos. Alle Anzeigenleuchten sind erloschen. Ich rufe die Notrufnummer. Die Service-Mitarbeiterin vom ADAC versichert mir, dass jemand in fünfzehn Minuten vor Ort sein wird.

Der Rettungsdienst vom ADAC fixiert das Unfallopfer und hievt es zum Abtransport auf den gelben Rettungswagen. Mein Freund wird in eine nahe Autoklinik nach Frankfurt-Zeppelinheim verbracht werden. Dessen Leiter, eine anerkannte Kapazität, ist auf die Wiederherstellung von Opel-Fahrzeugen spezialisiert. Zu diesem Zeitpunkt ist das Auto noch immer ohne Bewusstsein.

»Sie können im Moment nichts für ihn tun. Überlassen Sie alles Weitere den Spezialisten, Herr McBride. Das ist besser so. Glauben Sie mir«, tröstet mich der gelbe Engel.

Eine Pfütze vergossener Kühlwassertränen des Opel GT steht vor der Litfaßsäule und versickert langsam im Straßendreck. Am Horizont verblasst das Blinklicht des ADAC-Abschlepp-Fahrzeugs. Die wenigen hundert Meter von der Unfallstelle zurück zu meinem

Loft gehe ich zu Fuß. Im Fabrikhof trete ich in einen Hundehaufen.

Was habe ich eigentlich verbrochen, dass mir in den letzten Tagen nur solches Zeug passiert? Mein alter Lateinlehrer wird vor meinen Augen erschossen, ich werde mit Sellerie beworfen, ein Prolet will mich auf der Zeil wegen nichts und wieder nichts abstechen, man versucht mich beim Spazierengehen zu überfahren und zum krönenden Abschluss erleidet mein bester Freund einen schweren Unfall.

Für heute habe ich die Schnauze gestrichen voll! Und zwar von allen und allem. Den restlichen Abend werde ich mit zwei verlässlichen Dingen verbringen: mit einer Packung Camel ohne Filter und einer Kiste Binding Export. Kaum habe ich den ersten Schluck mit der Trost spendenden Ambrosia die Kehle runterrinnen lassen, als es draußen Sturm klingelt. Ich öffne die stählerne Lofttür, ohne darüber nachzudenken, wer dahinter stehen könnte. Ein Leichtsinn, den ich bitter bereuen sollte.

Vor mir stehen die Hausmeisterin Hegemann und ihre Tochter Jule. Ich bin mit dreihundert Kilogramm dunkler Materie in Angriffsstellung konfrontiert. Mutter Hegemann startet sofort durch: »Sinse auch mal daheim, McBride? Mir ham schon ich weiß net wie viel Mal geklingelt. Sie wisse schon, weshalb mir hier sin, gell?« Mutter Hegemann wedelt triumphierend mit einem Stück Papier, leckt den Zettel ab und klatscht ihn mir auf die Stirn. »Da!«

Ich pflücke den feuchten Wisch von meiner Stirn und schaue mir den Zettel an. Lesen ist auf jeden Fall besser, als mit der Frau zu reden. Es ist ein Kassenbon einer chemischen Reinigung auf der Mainzer Landstraße. Über neunundsiebzig Euro und achtundneunzig Cent.

»Was soll ich damit?«

»Das ist die Rechnung von der Reinigung, wo unser Wäsch gereinigt hat, Sie Blitzmerker! Des zahlen Sie mir, Herr MägBreid. Und zwar uff Heller und Fennisch.«

»Wie ich komm denn dazu, Ihre privaten Rechnungen zu zahlen, Frau Hegemann?«

»Machese sich jetz lustig? – Der macht sich lustig über uns, Jule! Die Spinatflecke sin kaum rauszugrieche gewese, sacht die Frau von der Reinigung.«

»Ach das.«

»Ja, ›ach das‹«, äfft mich die Mutter Hegemann nach.

»Ich werde mir's überlegen, Frau Hegemann.«

»Da gibt's nix zum überleesche. Des zahle Sie, kapiert? Wenn net, verklaache mer Se! Mir sin nämlich im Rechthaberschutz. Stimmt's, Jule?«

Die Tochter Hegemann schnauft. Ob das Schnaufen als Zustimmung zum Klagevorhaben gemeint ist oder ob der Abiturientin die Ausdrucksweise ihrer Mutter zu schaffen macht, ist schwer zu beurteilen.

»Schönen Abend, die Damen«, verabschiede ich die beiden Nanas und will die Tür schließen. Hegemann senior tritt einen Schritt vor und schiebt ihre mächtige Brust wie zwei Sandsäcke in den Türspalt.

»Mir zwei sin nonett fettich.« Mutter Hegemann lächelt mich an. Das heißt: Ihre rot geäderten Backen ziehen hoch in Richtung Ohren, die Augen werden schmal. Der lippenlose Mund öffnet sich zu einer dunklen Höhle und zeigt eine Reihe von gelben Zähnen, die im Unterkiefer auf ausgedünnten Zahnhälsen wie Gepfählte stehen. Ihr Lächeln ist genauso wenig zu ertragen wie ihre Tiraden. Die Sache muss ein Ende finden. Sofort.

»Also, was gibt's noch?«

»Wollese uns emol die Sauerei mit dene Turnschuh in der Biotonne erklären?«

»Ach das.«

»Schon wieder ›ach das‹. Ihnen fällt au grad net mehr viel ein, Herr MägBreid.«

Der Punkt geht zweifellos an die Hausmeistersfrau.

»Des warn ihne Ihr Schuh, Herrn MägBreid, des warn Sie un niemand annerst. Mir ham Ihre Sauerei schon weggemacht. Rechnung folgt, Herr MägBreid.«

»Vielen Dank und raus jetzt.« Mit Gewalt schiebe ich die Hausmeisterin nach draußen, verriegele die Stahltür zum Loft, stelle die Klingel ab und drehe Elvis Presley mit »In The Ghetto« auf volle Lautstärke.

# GERMANIA

Steil fallen die Sonnenstrahlen durch die Metallspros-
senfenster auf die schwarzen Seidenlaken meiner sechs
Quadratmeter großen Spielwiese und wecken mich. Das
kleine Luder, das mir heute Nacht keine Minute Schlaf
gegönnt hat, glotzt mich schon wieder fordernd an. Das
darf doch nicht wahr sein! Rotzfrech hockt das Biest
neben mir auf dem Kopfkissen. Vorsichtig taste ich mit
meiner linken Hand auf dem Fußboden nach der Adi-
lette und – zack! Ehe es sich versieht, klebt es platt auf
dem Kissen. Mit einem Fingerschnipsen schicke ich die
fette Schmeißfliege zurück in Richtung Aschaffenburg.

Mein erster Gedanke gilt heute Morgen dem Opel.
Ich verstehe immer noch nicht, wie es zu dem Crash
kommen konnte. Der Unfall könnte durch einen technischen Defekt in der Lenkung oder der Vorderachse verursacht worden sein. Das ist aber unwahrscheinlich. Der
Opel hat gerade erst die Vierhunderttausender-Inspek-
tion ohne Mängel absolviert. Das Problem war sicher
kein mechanisches. Kurz vor dem Unfall war der Opel

überhaupt nicht mehr ansprechbar. Wie ein Kamikaze-flieger ist er in die Litfaßsäule gerast. Ausgerechnet in eine mit Reklame für Binding Dosenbier. Genau so, wie es mir der Konsul mit Spielzeugmodell und der Bier-dose auf seinem Schreibtisch vorgespielt hat. Ob der böse Onkel von Sophia eine Art Voodoo-Priester ist? Sollte an dem ganzen Gemüsezauber doch mehr dran sein, als sich meine Schulweisheit träumen lässt?

Nachdenklich setze ich mich mit einem dampfenden Becher Maxwell-Instant-Pulverkaffee in Boxershorts auf die Fensterbank. Melancholisch blicke ich über das Industriegebiet im Frankfurter Westen. Ich klopfe eine Camel aus dem Softpack, stecke sie in den Mundwin-kel und überprüfe mit der Kamera des Handys meinen Gesichtsausdruck. Dann shoote ich im Dreiviertelprofil leicht von oben mein morgendliches Instagram-Selfie mit dem iPhone. Die heutige Message für meine hun-dertsiebenundzwanzigtausend Follower lautet: #opel-kaputt, #trustingod!

Michelle meldet sich über WhatsApp: »Hi Jürgen, Blumenkohl-Seminar überstanden?«

»Klar. Wenn's bloß das wäre.«

»What's up?«

»Der Opel ist kaputt.«

»Hab's auf Insta gelesen. Hast du heute Zeit? Nach-mittags?«

»Wo?«

»Germania, Sachsenhausen, siebzehn Uhr?«

»Germania, Sachsenhausen!« Als ich das lese, wird mir schlagartig klar, was mein toter Lateinlehrer meinte, als er mir sterbend ins Ohr flüsterte: »Germania ... Sachsen ...« Weiter kam er ja nicht. Dr. Lärche meinte ganz einfach die Apfelweinwirtschaft Germania in Frankfurt-Sachsenhausen. Und ich dachte, er wollte mich auf irgendeinen geheimnisvollen germanischen Ort in Sachsen hinweisen. Warum nannte er die Frankfurter Traditionsgaststätte? Finde ich dort das Rezept vielleicht in der Restaurant-Küche?

»Okay. Siebzehn Uhr, Germania«, tippe ich als Antwort. Michelle ist nicht mehr online.

Die Gaststätte »Zur Germania« ist eine der traditionellen Apfelweinwirtschaften, wie es sie im südlichen Frankfurter Stadtteil Sachsenhausen seit hundert Jahren gibt. Die Germania hat einen kleinen Innenhof, in dem man am Nachmittag zwischen dem älteren Stammpublikum leicht einen Platz findet. Am Abend, nach Arbeitsende, wird es voller und die Plätze werden von Bankern und Werbern belegt. Das sind Leute, die am Mittag vielleicht ein exklusives Geschäftsessen hinter sich gebracht haben, das ihnen weniger Spaß gemacht hat als der schlichte Teller Handkäse mit Musik und das Stöffche aus dem Gerippten nach Feierabend in der Germania.

Am Nachmittag, wenn der Innenhof noch den Frankfurter Rentnern gehört, schwebt ein Geruch durch den Hof, der sich in den letzten hundert Jahren wahrscheinlich kaum verändert hat. Zigarrengeruch, gemischt mit dem frischen, säuerlichen Geruch von Apfelwein und Rippchen mit Kraut. Hier riecht es nach guter Laune, nach arbeitsfrei, nach Opa im weißen Hemd.

Die Straßenbahnlinie sechzehn bringt mich in die Textorstraße nach Frankfurt-Sachsenhausen. Ich bin es nicht gewohnt, mit öffentlichen Verkehrsmitteln zu fahren, und komme früher als verabredet in der Germania an. Michelle wird bestimmt noch nicht da sein. Kein Problem, ich freue mich auf den Schoppen Apfelwein, den ich mir im Hof der Gaststätte auch ohne Gesellschaft schmecken lassen werde. Als ich von der Toreinfahrt nach einem Platz für Michelle und mich Ausschau halte, blicke ich in zwei bekannte Augenpaare: Sophia und ihr Onkel Konsul Hofgeier sitzen an einer Biertischgarnitur unter einem Platanenbaum. Sophia will aufspringen, um mich zu begrüßen. Konsul Hofgeier schraubt ihren Arm mit hartem Griff auf der Tischplatte fest. Er schaut mich düster an. Aber sein Blick offenbart nur kurz die Abgründe seines Charakters. Von einer Sekunde auf die andere ändert sich sein Gesichtsausdruck. Jovial, wie einen alten Kumpel, ruft er mich mit seiner Bassstimme über die Tische heran: »McBride, das ist ja eine nette Überraschung! Setzen sie sich zu uns.« Seine Pranke drückt noch immer Sophias Unterarm auf den Tisch. Erst als ich direkt vor den beiden stehe, lässt er sie los.

Sophia will mich umarmen. Ein Knurren ihres Onkels hält sie zurück. Resigniert setzt sie sich wieder und reicht mir die Hand. Über ihre Wange läuft ein Zittern. Ihre Augen glänzen traurig. Mamma mia! Ich wusste nicht, dass es die Frau dermaßen erwischt hat. Der italienischen Göttin steckt unser Erlebnis am Swimmingpool in Kronberg offensichtlich tief in den Knochen. Es reicht aus, dass ich sie schlicht mit ihrem Vornamen anspreche, um aus ihrer Kehle den lauten Seufzer einer waidwunden Hirschkuh freizusetzen, der die Gäste an den Nachbartischen aufblicken lässt. Konsul Hofgeier dämpft den Gefühlsausbruch seiner Nichte, indem er seinen schweren Arm um ihre Schultern legt.

»McBride, nun stehen Sie doch nicht so da. Setzen Sie sich zu uns! Trinken Sie bei unserem Bembel mit. Sie mögen doch Apfelwein. Nicht nur Binding-Bier aus der Dose, was? Kellner, noch ein Glas«, kommandiert er. Sophia lächelt mich glücklich an.

»Äh, schönen Dank auch, Herr Konsul. Sorry, Sophia. Ich bin schon verabredet. Leider. Da kann ich schlecht ...«

»Soso. Wen ziehen Sie denn unserer Gesellschaft vor, wenn man fragen darf, McBride?«

»Ich bin mit Michelle Mutzenbacher verabredet. Sie kennen sie vielleicht aus Ihrem Verein, der Nation.«

»Ah, Michelle. Nettes Mädel. Dann wünschen wir einen schönen Abend«, entgegnet der Konsul kühl.

Vom einen auf den anderen Moment verschwindet der hingebungsvolle Ausdruck aus Sophias Gesicht. Aus Enttäuschung über die Zurückweisung entgleiten ihre Gesichtszüge und mutieren zu einer kindlichen Grimasse aus Trotz und Wut.

In diesem Augenblick betritt Michelle die Gaststätte, sieht mich, lächelt und kommt zu uns herüber. Sophias körperlicher Ausbruch kommt überraschend. Sie springt von der Bank auf, bevor der Konsul sie zurückhalten kann. Der volle Bembel-Krug schlägt auf die Tischplatte und zerbricht. Der Apfelwein ergießt sich in einem Schwall über den Tisch. Mit ihrem ausgestreckten Arm zeigt Sophia auf Michelle und schreit mich dabei an: »Ausgerechnet mit dieser *Hirse*! Ich fass es nicht! McBride, du verdammtes Stück *Soja*! Ich bringe die *Dinkel* um, die verdammte *Tofu* ...«

Weiter kommt Sophia in ihrem Ausbruch nicht. Der Konsul packt seine Nichte im Genick und zieht sie herunter auf die Sitzbank. Sophia leistet keinen Widerstand. Sie fällt in sich zusammen, als ob man sie per Knopfdruck abgeschaltet hätte. Wie ein Hund schaut Sophia zu ihrem Herrchen auf und traut sich nicht, den kleinsten Mucks zu machen. Ihr Blick ist verwirrt und ängstlich. Der Konsul raunt durch die Zähne, an niemand bestimmten gerichtet: »Sie muss noch lernen, sich besser zu beherrschen.« Er winkt den Kellner heran, der wegen des Lärms bereits auf der Matte steht und drückt ihm einen Zweihunderteuroschein mit einem »Stimmt so« in die Hand. Dann packt er die willenlose Sophia und schiebt sie durch die eng gestellten Holzbänke vor sich her Richtung Ausgang.

»War das die Nichte vom Konsul?«, will Michelle von mir wissen, als wir auf zwei Klappstühlen an einem kleineren Tisch Platz gefunden haben.

»Ja, kann sein. Sophia heißt sie, glaube ich.«

»Was war los mit ihr? Der Auftritt war richtig beängstigend.«

»Keine Ahnung. Sie wirkte etwas nervös, oder?«

»McBride, hör auf mich zu verarschen! Woher kennst du sie? Hast du den Konsul in Kronberg besucht, wie du angekündigt hast?«

»Ja, ich war in Kronberg in seiner Villa.«

»Man hat dich so einfach zu ihm vorgelassen?«

»Das war kein Problem, das Eingangstor stand offen.

Ich habe mich mit Sophia unterhalten können und später mit dem Konsul.«

»Wieso mit Sophia?«

»Ich habe sie am Swimmingpool getroffen.«

»Am Swimmingpool?«

»Im Park von Konsul Hofgeier. Der Park ist wirklich schön, ein großer Park, mit so alten Laubbäumen, weißt du. Vor dem Haus gibt es einen Pool. Da habe ich Sophia getroffen. Rein zufällig. Es war entsetzlich heiß an dem Tag. Wenn einem die Klamotten so am Leib kleben, das kennst du doch, oder? Ganz ehrlich, die ganze Sache ging wirklich nicht von mir aus. Ich war da null drauf vorbereitet. Ich hatte ja nicht mal eine Badehose dabei. Sonst hätten wir ja nie ...«

»Verschon mich bitte mit dem Rest, McBride.« Michelle schaut an mir vorbei ins Leere.

Ich weiß gerade auch nicht mehr recht weiter und untersuche mit höchster Konzentration ein Blatt, das von einer Platane auf den Tisch gefallen ist. Michelle schielt mich von der Seite an. Ich habe das Gefühl, dass sie ein kleines bisschen lächeln muss.

»Tja, sorry«, versuche ich das Gespräch wiederaufzunehmen.

»Schon gut. Vergiss es. Wir sind ja schließlich nicht verheiratet«, sagt Michelle.

»Kann ja noch werden«, antworte ich.

Michelle zieht ihre Augenbrauen hoch, schüttelt mit dem Kopf und nimmt einen großen Schluck aus dem Gerippten. In diesem Moment wird mir klar: Das ist die Frau, mit der ich zusammenbleiben möchte.

# WAS DICH FINDET,
# MUSST DU NICHT SUCHEN

*Samstag, elfter Juli, Frankfurt-Sachsenhausen, Gaststätte Germania*

Derselbe Kellner, der vorhin die Szene mit Sophia mitbekommen und die zweihundert Euro kassiert hat,
nimmt unsere Bestellung auf. Michelle hat Grüne Soße
mit Salzkartoffeln und hart gekochten Eiern gewählt.
Das ist die klassische Kombination bei diesem Frankfurter Gericht.

Grüne Soße – oder auf Frankfurtisch »Grie Soß« –
ist, wie der Name sagt, eine grüne Soße, die den Namen
ihrer Farbe verdankt. Sie besteht aus sieben Kräutern,
Sauerrahm, Öl, Essig und Senf. Die sieben Kräuter sind:
Borretsch, Kerbel, Kresse, Petersilie, Pimpinelle, Sauer-
ampfer und Schnittlauch. Die Kräuter werden speziell
für die Grüne Soße in den Kräutergärten im Stadtteil
Frankfurt-Oberrad angebaut. Kräutergärten – das ist
etwas, was niemand in Frankfurt erwarten würde. Wenn
man mit dem ICE die Stadtgrenze Offenbach/Frankfurt
passiert, sieht man in Fahrtrichtung links die Anbauflä-
che mit den Gewächshäusern für die Kräuter der Grü-

nen Soße. Als frische Kräutermischung wird die »Frankfurter Grüne Soße« auf dem Markt in der typischen weißen Papierrolle verkauft.

Der Kellner bringt unsere Bestellung. Michelle bekommt ihre Grüne Soße, ich gekochtes Rippchen mit Sauerkraut, ebenfalls ein typisches Frankfurter Gericht. Der Kellner serviert meiner hübschen Begleiterin und mir die Teller besonders schwungvoll.

»Sie sinn heut aber vom Glück verfolgt, junger Mann«, begleitet er den Service mit einem Spruch.

»Wieso das?«, möchte ich wissen.

Der Kellner antwortet nicht. Er hat es eilig und weist mit dem Kinn auf Michelle. Am Nebentisch winkt ein Gast ungeduldig.

»Tun Se sich net weh mit Ihrm Arm. Isch hab Se schon gesehen«, fertigt der Kellner den Gast ab. Kellner in den Frankfurter Apfelweinwirtschaften behalten gern das letzte Wort.

Der Kellner hat recht, ich darf mich heute Abend mit meiner attraktiven Begleitung glücklich schätzen. Michelle sieht wirklich klasse aus. »Freut mich, dass wir hier zusammen essen. Überhaupt: Schön dich zu sehen, Michelle.«

»Mich freut's auch«, lächelt sie und wird gleich darauf ernsthaft: »Ich muss zugeben, dass ich dich nicht allein wegen des Abendessens sehen wollte. Es ist ein akutes Problem aufgetaucht. Eigentlich trifft es das auch nicht richtig. Da gibt es schon länger etwas, was ich dir hätte sagen sollen.«

»Prima. Dann leg mal los. Du erklärst mir dein Problem und ich löse es akut.«

»Ich fürchte, dazu hast du keine Möglichkeit. Es hat was mit deinem Namen zu tun.«

»Was stört dich an meinem Namen? Wenn es das ist, was zwischen uns steht, dann ändere ich ihn. Ich hänge nicht an dem blöden Ding. Im Gegenteil, ich finde Mutzenbacher ist ein ...«

»Jürgen, bleib bitte mal ernst! Dein Name hat für die Anhänger des Jüngsten Gerichts eine außergewöhnliche Bedeutung.«

»Wieso das?«

»Dein Vorname ist eine germanische Form des altgriechischen Namens Georg, was so viel wie Erdarbeiter bedeutet. Jemand, der die Nahrung der Erde mit seiner Hände Arbeit abringt. Und McBride ist irisch und bedeutet: Sohn der Brigid. Brigid ist eine keltische Heilige. Sie ist die Urmutter des Kultes um das Jüngste Gericht. Auf sie geht das Rezept zurück. Sie hat das heilige Gericht zum ersten Mal gekocht.«

»Okay, ich verstehe. Und jetzt denken irgendwelche Freaks, ich, Jürgen McBride aus dem Frankfurter Gutleutviertel, bin der auserwählte Erdarbeiter. Derjenige, der mit einem lebensverlängerten Kochrezept in der Stadt herumläuft, richtig? Weißt du, Michelle, ich will dir mal was über mich erzählen. Meine Mutter heißt Heidi und nicht Birgit. Sie musste allein für unseren Lebensunterhalt sorgen, weil mein Vater kurz vor meiner Geburt auf Nimmerwiedersehen abgetaucht ist. Meine Mutter hat in der Binding-Brauerei im Akkord Bierflaschen gespült, um uns beide zu ernähren. Sie hatte keine Zeit zu kochen und hat auch keine Ahnung davon, glaube ich. Bei uns kam jeden Tag genau das auf den Tisch, was euer Kochguru bei seiner Tütensuppenverbrennung in dem Volkshochschulkurs abgefackelt hat. So etwas wie Maggi Fleischklößchensuppe gab's bei uns schon aus Kostengründen. Das hat uns geschmeckt und nicht geschadet. Meine Mutter lebt noch und ich bin fit genug, jedem, der mich darum bittet, eine aufs Maul zu hauen. Dann das mit dem ›Erdarbeiter, der die Nahrung dem Boden abringt‹. Das ist das allerbeste! Ich kaufe nicht mal Basilikum im Topf, weil der bei meiner Pflege keine zwei Tage überlebt. Tut mir leid, aber das Ganze ist eine absurde Verwechslung.«

Michelle beugt sich vor. »Ich stelle dir mal zwei Fragen, und du versuchst mir in Ruhe zu antworten: Bist du der Meinung, dass dir in letzter Zeit auffallend viele merkwürdige Dinge zugestoßen sind?«

»Definitiv. Dem Opel und mir.«

»Kannst du dir vorstellen, dass diese Attacken etwas mit der Vermutung zu tun haben könnten, dass du auf der Fährte des Jüngsten Gerichts bist?«

»Möglich. Wahrscheinlich. Das wäre eine vernünftige Erklärung für den Wahnsinn, der sich seit ein paar Tagen um mich herum abspielt.«

»Jürgen, das Rezept ist nichts, was man so einfach sucht und findet. Es ist vorherbestimmt, wer das Rezept nach fünfzig Jahren als Nächster erhält. In den keltischen Weissagungen für das Jahr 2015 lässt sich ganz eindeutig dein Name herauslesen. Jürgen McBride. Der ewige Kalender nennt Frankfurt als nächsten Ort des Erscheinens des heiligen Rezeptes. Mit deinem Namen. Es gibt in Frankfurt keinen anderen Jürgen McBride.

Fraglich, ob jemand anderes mit einem so beknackten Namen je in Frankfurt existiert hat. Dieser Auserwählte bist ganz eindeutig du, Jürgen.«

Ich zünde mir eine frische Camel an und blase den Rauch über die Unterlippe in den Frankfurter Abendhimmel. »Dann ist ja alles bestens. Ich stelle ab sofort meine Ermittlungen ein und warte bis meine Urgroßmutter Birgit oder wie die heißt das Rezept bei mir in der Gummistiefelfabrik vorbeibringt. Dann liefere ich das Ding bei der Kanzlei von Stromberg ab und aus die Maus.«

»Mir war schon klar, dass du die Sache nicht ernst nimmst. Solltest du aber. Pass gut auf: Der erste Auserwählte für das Rezept ist in den Überlieferungen genannt. Also dein Name. Nicht aber die folgenden, die Personen, die nachrücken, falls der Auserwählte nicht mehr existiert. Es gibt eine Menge Leute, die sich für würdiger halten, die lebensverlängernde Speise zu kosten als du. Fällt jetzt der Groschen?«

»Du meinst, die beseitigen mich und setzen sich dann auf den freien Essensplatz?«

»Genau das«, bestätigt Michelle.

»Komische Auffassung von Würde.«

»Das finde ich auch. Deswegen ziehe ich mich auch mehr und mehr aus dem Verein zurück.«

»Dann wäre das Angebot des Konsuls ja noch fair gewesen.«

»Was hat der Konsul dir angeboten?«

»Er sagte, bei ihm würde ich nicht am Katzentisch sitzen wie bei meinem Auftraggeber. Er und Sophia waren überhaupt ziemlich, äh, freundlich zu mir.«

»Du bist hoffentlich nicht so blöd zu glauben, dass der freundliche Empfang Zufall war. Normalerweise lässt der Konsul niemanden an sich heran. Seine Nichte schirmt er vor der Öffentlichkeit ab.« Michelle stützt ihr Kinn auf ihre Faust. »Sophia ist wirklich eine Schönheit. Ich habe sie heute zum ersten Mal zu Gesicht bekommen. Über sie werden in der Spirutopia die abenteuerlichsten Dinge erzählt. Der Konsul vergöttert seine Nichte, heißt es. Könnte schon sein, dass er das Rezept tatsächlich nur für sich und seine Nichte braucht, also für zwei Leute. Deswegen das Angebot an dich als dritte Person. Was hast du ihm geantwortet?«

»Dass ich bereits einen Auftrag angenommen hätte und erfüllen würde.«

»Wie hat er reagiert?«

»Drohend. Er hat den Opel und mich bedroht. Den Opel hat es ja dann später auch erwischt. Was mich wundert, ist, dass keine der fünf Abhörwanzen, die ich in seinem Palast installiert habe, funktioniert. Ich habe absolut keinen Funkkontakt. Ich weiß nicht, wie er das hinbekommen hat. Stattdessen habe ich das Gefühl, dass es ihm umgekehrt gelungen ist, zu mir Kontakt zu halten. Woher wusste er, dass ich heute in die Germania komme?«

»Der Konsul ist ein Mensch mit besonderen Fähigkeiten. Ich habe dir gleich gesagt: Sei vorsichtig bei ihm!« Michelle scheint noch etwas auf dem Herzen zu haben. Sie beginnt zögernd: »Heute Morgen hat mich übrigens Jo angerufen.«

»Was wollte er? Wieder Kornblumen verteilen?«

»Das vielleicht auch. Er will konkret, dass ich mich aus Respekt vor unserer Gemeinschaft, der Nation Of

The Beautiful, mit dir näher anfreunden soll. Er meint damit: eine Affäre beginnen. Um zu verhindern, dass das Rezept einem Unwürdigen in die Hände fällt, sagt er. Ich soll ihm über alles, was du unternimmst, Bericht erstatten. Er will, dass ich ihn benachrichtige, wenn ich den Eindruck hätte, dass Intimitäten bevorstehen. Dann sollte ich die Kamera an meinem Mobile anschalten. Falls er nicht erreichbar ist, weil er von Baldur nach Jötunheim gerufen wurde, dann soll ich an Carola Liebernicht berichten.«

»Das wird ja immer besser. Was hast du ihm geantwortet?«

»Ich habe gesagt, dass ich einverstanden bin. Damit er mich in Ruhe lässt. Aber ich habe absolut keine Lust, Spitzeldienste für die beiden zu leisten. Überhaupt gefällt mir der Verein immer weniger. Seit das Rezept aufgetaucht ist, ist alles Positive, die Innerlichkeit, das Miteinander, verschwunden. Stattdessen sind alle gierig nach dem Versprechen von fünfzig Jahren Jugend. Ich glaube, die Leute sind hinter dem Rezept her, weil sie Angst haben. Angst vor dem Älterwerden und dem Sterben.«

»Das denke ich auch, Michelle.«

Den restlichen Abend verbringen wir zusammen in dem kleinen Hinterhof der Apfelweinwirtschaft, ohne ein einziges Mal über das blöde Rezept zu sprechen. Wir rücken näher zueinander. Später, als der Betrieb in der Gastwirtschaft nachgelassen hat, setzt sich der Kellner mit einem fast vollen Zwölfer-Bembel zu uns. Chinesische Touristen hatten den großen Krug bestellt, aber nach dem ersten Schluck des sauren Apfelweins vom

Weitertrinken Abstand genommen. Zu dritt leeren wir den Bembel und babbeln dabei über Gott und die Welt. Als die Germania schließt, warten Michelle und ich draußen auf der Textorstraße an der Haltestelle auf die Straßenbahn Nummer sechzehn. Michelle ist mit ihrem Hollandrad unterwegs. Das sperrige Ding passt nicht in die Tram. Wir müssen uns hier trennen.

Merkwürdig, so unterhaltsam der Abend war, jetzt, wo es darum geht, schlicht »Tschüss« oder »Das war ein schöner Abend« zu sagen, stehe ich da wie der letzte Depp und bringe keinen Ton heraus. Die Linie sechzehn kommt an und lässt Leute ein- und aussteigen. Ich will unsere Abschiedsszene auf keinen Fall vermasseln. Nicht zu forsch und nicht zu passiv sein, rede ich mir zu. Michelle beschäftigt sich mit ihrem Fahrradschloss und schaut an mir vorbei. Habe ich was Falsches gesagt? Habe ich überhaupt schon was gesagt? Der Straßenbahnfahrer klingelt und will die Türen schließen.

»Mach's gut«, fällt mir als Abschiedsgruß ein. Dämlicher geht's nicht. Für die Umarmung peile ich Michelles linke Wange an. Michelle hat sich meine rechte Wange ausgesucht. So küssen wir uns aus Versehen auf den Mund. Der Straßenbahnführer klingelt zum zweiten Mal. Im letzten Augenblick springe ich in den Wagen. Michelle winkt mir von draußen zu.

Am Südbahnhof steige in Richtung Hauptbahnhof um. Wie in Trance wandele ich durch die tristen Katakomben der S-Bahn-Schächte. Michelles liebes Gesicht strahlt vor meinem inneren Auge und blendet meine Umgebung aus. Als in der S-Bahn die Innenbeleuch-

tung erlischt, merke ich, dass ich meinen Ausstieg verpasst habe.

»Endhaltestelle Kronberg. Wir bitten alle Fahrgäste
auszusteigen. Dieser Zug endet hier«, tönt es aus dem
Lautsprecher.

# DAS HERZ IST EIN EINSAMER JÄGER

*Sonntag, zwölfter Juli, Frankfurt-Nordend, Polizeipräsidium*

Die Sommernacht in dem menschenleeren Kronberg ist wundervoll. Es duftet nach blühenden Heckenrosen und nach Kiefernwald. Am klaren Nachthimmel über dem Taunus kann man die Milchstraße sehen. Eine warme Brise weht aus den Taunusbergen herüber und kitzelt mich an den Ohren. »Michelle« – wie ein Mantra, das meine ganze Existenz ausfüllt, wiederhole ich immer wieder diesen Namen. Heute Nacht trage ich das Paradies in der Hosentasche spazieren.

Die letzte S-Bahn zurück nach Frankfurt ist längst abgefahren. Das ist mir ganz gleich. Ich habe gar keine Lust zurückzufahren. In Frankfurt wartet niemand auf mich. Der Opel steht kaputt in der Werkstatt und Gustavs Trinkhalle hat geschlossen.

Ziellos spaziere ich durch die kleine Stadt. Irgendwann lege ich mich auf eine Parkbank, zünde mir eine Camel an und schlummere in der warmen Sommernacht ein, die mich wie eine Decke umhüllt. Als der Tag graut, wache ich auf. Tau hat sich auf den Grünstreifen neben der Parkbank gelegt. Ich stehe auf und klopfe mir die Feuchtigkeit aus den Klamotten. Es ist kühl. Erst jetzt, in der Morgendämmerung, bemerke ich, dass die Bank, auf der ich eingeschlafen bin, in der Hohenzollern-Allee im Kronberger Villenviertel steht. Direkt vor Konsul Hofgeiers Anwesen. Was für ein dummer Zufall. In einem kleinen Café, das schon geöffnet hat, frühstücke ich und gönne mir für die Fahrt zurück nach Frankfurt ein Taxi. Irgendwie muss ich das fette Tageshonorar, das mir die Kanzlei von Stromberg zahlt, ja verbraten. Ab heute bekomme ich die Sorgenfrei-Kohle noch fünf Tage. Der Showdown zum fünfzigjährigen Jahrestag des Jüngsten Gericht ist in einer Woche, am neunzehnten Juli. Heute ist Sonntag, der zwölfte Juli. Am nächsten Freitag ist meine Deadline. Bis dahin muss ich das Rezept abliefern.

Der Taxifahrer lässt mich an der Einfahrt zur Gummistiefelfabrik raus. Um diese Uhrzeit ist es im Gutleutviertel noch still. Niemand krakelt vor den Trinkhallen und Dönerbuden, kein Hausmeisterpersonal sägt an Unkraut und Nerven. Ein paar Vögel zwitschern ihr sozialverträgliches Lied von den Fabrikdächern in den frühen Julimorgen. Oben in meinem Loft nehme ich eine Dusche, rasiere mich und werfe mich aufs Bett. Die drei Stunden Schlaf auf der Parkbank waren keine Erholung. Mir kommt der merkwürdige Zufall in den Sinn, der mich mit der S-Bahn ausgerechnet nach Kronberg geführt hat. Ich habe das Gefühl, dass meine Pechsträhne auch nach dem Totalschaden des Opels noch nicht zu Ende ist. Mit dieser Einschätzung sollte ich leider Recht behalten.

Nachdem ich ausgeschlafen habe, statte ich dem Opel einen Krankenbesuch ab. Der Wagen ist noch immer ohne Bewusstsein. Als Ersatz für seinen kaputten Motor steht in der Werkstatt ein neues Tausendneunhundert-Kubikzentimeter-Aggregat zur Transplantation bereit. Die Reparaturarbeiten gehen zügig voran. Damit der neue Motor in die Karosserie hineinpasst, muss der vom Aufprall gestauchte Opel vorher auf die Streckbank. Der Anblick meines demolierten Freundes hat mich deprimiert. Mit gesenktem Kopf kehre ich in die Gummistiefelfabrik zurück. Als ich im Hof aufblicke, steht die Hausmeisterin Frau Hegemann vor mir. Regungslos, das Kinn triumphierend nach oben gereckt, die Fäuste in ihre stabilen Hüften gestemmt – Mutter Hegemann als Modell für ein Arbeiterdenkmal der Sowjetischen Traktorfahrerin. Anstatt mich wie üblich wegen irgendeiner Verfehlung anzublaffen, schweigt sie.

Hinter ihr parkt ein schwarzer Audi A6. Das Auto wirkt neben der Frau wie ein Kleinwagen. Die Beifahrertür öffnet sich.

»Stehen bleiben, McBride. Beide Hände über den Kopf.«

Die Stimme mit dem starken Akzent gehört niemand anderes als Erik Odecker, meinem ehemaligen Kollegen aus dem deutsch-deutschen Kommissaranwärterseminar aus dem Jahr 1999. Odecker und zwei junge Polizeigreifer schälen sich aus dem Zivilfahrzeug. Nach dem deprimierenden Besuch in der Werkstatt ist dieser Empfang wirklich das Letzte, das ich brauchen kann.

»Erich, bitte. Hör auf mit dem Quatsch! Bei mir ist heute Morgen wirklich nichts zu holen. Keine Schlägerei, keine Alkoholfahrt, nichts. Gestern Abend war ich in Sachsenhausen essen und habe danach einen Ausflug in den Taunus gemacht. Mit öffentlichen Verkehrsmitteln.«

»Das darfst du uns gleich noch mal erzählen. Beim Verhör auf der Wache.«

»Verhör? Ich hab mich wohl verhört.«

»Tu nicht so, als wüsstest du nicht, worum es geht. Oder hattest du wieder mal einen Filmriss?«

»Einen Filmriss nach ein paar Schoppen Apfelwein? Wohl kaum.«

»Es gibt Zeugen für das Ding, das du da heute Nacht in Kronberg abgezogen hast.«

»Darf ich mal wissen, worum es eigentlich geht?«

»Wir ermitteln aufgrund einer Anzeige wegen gefährlicher Körperverletzung und Vergewaltigung in Tateinheit mit Hausfriedensbruch. Dir wird vorgeworfen, Sophia Hofgeier letzte Nacht auf ihrem Grundstück in Kronberg missbraucht zu haben. Ich weise dich darauf hin, dass alles, was du jetzt ...« Hauptkommissar Odeckers Polizeisprech ist einfach zu schön, um wahr zu sein.

»Stopp, Erich! Verdammt, was soll das? Ich habe keine Ahnung, wovon du sprichst. Kommst du mich besuchen, um mir Texte aus dem Tatort aufzusagen?«

Diesen Einwand nimmt die Mutter Hegemann als Signal für ihren eigenen Textbeitrag in dem surrealen Krimistück.

»Da hören Sie's, Herr Kommissar. Frech wie Rotz ist der Kerl. Mit so einem Tier lebt man jahrelang unner eim Dach. Wenn ich dran denk, wie oft meine Jule und ich hier im Hof mit dem allein gewesen sinn. Kein Meter weg von diesem dreckigen *Dinkel*.« Frau Hegemann tritt bis auf siebenundzwanzig Zentimeter an mich ran und stößt mir ihren wurstigen Zeigefinger vor die Brust. »Jetzt sind Sie reif, Herr Privatdetektiv«, klagt sie mich auf Hochdeutsch an.

»Frau Hegemann, bitte überlassen Sie das uns«, maßregelt Kommissar Odecker den Zorn des hessischen Originals. Aber Hegemann senior lässt es sich nicht nehmen, noch eine intime Kleinigkeit zu ergänzen.

»Haben Sie des uffgeschribbe, was ich Ihne über unsere Schlüpper erzählt hab, wo der Kerl mit Spinat vollgespritzt hat, Herr Kommissar? Das rechnet ihr doch hoffentlich in dem seine Strafe mit rein. Von dem … von diesem Perversen.«

Die jungen Greifer in Uniform, zwei Testosteron-Torsten aus der Muckibude, packen mich links und rechts am Ellenbogen und schleppen mich zum Polizeiwagen. Einer der Polizeianwärter will meinen Kopf beim Einsteigen unter die Dachkante des Türrahmens drücken. So wie er das im Fernsehen bei »Alarm für Cobra 11« gesehen hat. Ich schlage seinen Arm mit Schmackes weg, sodass seine Sonnenbank gebräunte Tatze als Backpfeife im Gesicht des zweiten Torsten landet. Übermotiviert stürzen sich die beiden Nullchecker auf mich und pressen mich zu Boden.

»Macht mal langsam, Jungs«, bremst Hauptkommissar Odecker den Eifer der beiden Gesetzeshüteranwärter.

Auf der Fahrt ins Präsidium in der Miquel-Allee herrscht Funkstille. Odecker wartet ab. Er lässt mich absichtlich im Ungewissen. Der alte Fuchs weiß, wie man einen Verdächtigen weichkocht. Mit einem Fingerschnippen weist er seine beiden Greifer an, mich in den Verhörraum bringen. Ein Hauptobermeister bringt mir einen Pappbecher mit etwas, was in den Vereinigten Staaten für Kaffee gehalten wird, und installiert vor meiner Nase ein Mikrofon auf dem Verhörtisch. Ich weiß nicht, wie lange man mich dort allein sitzen lässt. Mein Handy haben die Beamten zur Auswertung mitgenommen und meine Armbanduhr habe ich heute nicht angelegt. Es kommt mir vor, als ob das rote Licht der Überwachungskamera seit Stunden auf mich runterblinkt.

Mit einem Ruck wird die Tür aufgerissen und Hauptkommissar Odecker tritt herein. So überraschend sein Eintreten ist, so wenig ist es sein Auftreten. Odecker trägt seit zwanzig Jahren die gleichen Klamotten: ein nussbraunes Schurwolle-Jackett von P&C über einem senfgelben Hemd von H&M zu einer dunkelgrünen Stoffhose von C&A. Vor der Jahrtausendwende präsentierte sich unsere Polizei der Öffentlichkeit in dieser gefälligen Farbkombination. Der gedeckte Anstrich sollte unser exekutives Staatsorgan weniger autoritär wirken lassen. Die löbliche Intention dieses Farbkonzeptes haben große Teile der kriminellen Frankfurter Bevölkerung zweifellos verinnerlichen können.

Hinter Kommissar Odecker betritt eine Frau den Raum. Sie hat die gleiche Körpergröße wie Hauptkommissar Odecker, exakt einen Meter dreiundsiebzig. Kluge, braune Knopfaugen schauen unter ihrem schnurgeraden Pony hervor. Ihre Lippen sind dunkelrot geschminkt. Sie trägt trotz des warmen Sommernachmittags einen orangenen Pullover und einen violetten Lederrock. Farblich harmoniert ihr Outfit wunderbar mit der Kombination von Kommissar Odecker. Unter ihrem Arm klemmt ein ledernes Notizbuch mit einem Mont-Blanc-Füllfederhalter, der an den Buchdeckel geklippt ist.

»Das ist Frau Dr. Sommer, unsere Psychologin«, erklärt Odecker die Anwesenheit der Frau.

»Freut mich. Wer stattet derzeit unsere Polizei klamottenmäßig aus? Oder sind das eure eigenen Ideen?« Odecker überhört den Spruch. Frau Sommer fixiert mich ausdruckslos und notiert etwas in ihr schönes Lederbuch.

Dienststellenleiter Erik Odecker erläutert mir ausführlich den Tatvorwurf:»Ihnen, Herr McBride beziehungsweise dir, Jürgen, wird vorgeworfen, in der Nacht vom elften zum zwölften Juli widerrechtlich auf das Gelände des Anwesens Hofgeier eingedrungen zu sein. Am Schwimmbecken des Geländes hast du Frau Sophia Hofgeier angetroffen, die zu diesem Zeitpunkt dort badete.«

»Die mitten in der Nacht badete?«, unterbreche ich den Kommissar.

»Du seist mit den Örtlichkeiten vertraut gewesen, da du das Anwesen fünf Tage zuvor, am vergangenen Dienstag, betreten hättest. Bereits bei deinem ersten Besuch seist du ihr gegenüber aufdringlich geworden. Sie habe Mühe gehabt, deine Belästigungen abzuweisen.« Hauptkommissar Odecker legt eine effektvolle Pause ein, bevor er beginnt, die Details des Tatvorwurfs zu schildern.»Laut Aussage von Frau Hofgeier bist du letzte Nacht entkleidet zu ihr in den Pool gesprungen. Als sich Frau Hofgeier gegen deine Zudringlichkeiten verteidigt hat, hast du ein Trinkglas zerbrochen und als Waffe benutzt. Du hast sie damit bedroht und in der Folge vergewaltigt. Die Geschädigte trägt von dem Angriff Schnittwunden an den Unterarmen davon. Die Verletzungen führten zu hohem Blutverlust. Sophia Hofgeier wird gegenwärtig in der Uniklinik behandelt. In einer ersten Vernehmung konnte sie dich eindeutig als Angreifer identifizieren. Auch Konsul Hofgeier hat dich mit großer Wahrscheinlichkeit erkannt, als er seiner Nichte zu Hilfe eilte und jemanden flüchten sah, auf den deine Beschreibung zutrifft.«

»Dieser Unfug soll Grund für meine Verhaftung sein? Sophia Hofgeier ist schlicht eifersüchtig. Gestern Abend hat sie mir in einem Restaurant, in der Germania in Sachsenhausen, eine Szene gemacht. Vor fünfzig Zeugen. Der Konsul ist ein Konkurrent bei einer privaten Ermittlung. Die beiden wollen mich ausschalten.«

»Das ist deine Darstellung der Ereignisse, Jürgen. Dagegen steht die Aussage eines schwer verletzten Vergewaltigungsopfers. Sowie die Zeugenaussage eines der angesehensten Mitbürger unserer Heimatstadt.«

»›Angesehensten Mitbürger unserer Heimatstadt?‹ Du solltest dich mal reden hören, Erich. Glaub mir, die beiden lügen wie gedruckt.«

»Wo warst du heute Morgen zwischen null Uhr dreißig und vier Uhr?«

»In der S-Bahn Linie vier und in Kronberg.«

»Was wolltest du in Kronberg? Warum bist du mit

der S-Bahn gefahren und nicht mit deinem Opel GT? War dir das zu auffällig?«

»Der Opel ist in der Werkstatt. Außerdem wollte ich gar nicht nach Kronberg. Da bin ich aus Versehen gelandet, weil ich auf dem Heimweg von Sachsenhausen verpennt habe, rechtzeitig umzusteigen. Das habe ich erst an Endstation der S4 in Kronberg bemerkt. Zurück ging um die Uhrzeit keine S-Bahn, die nächste fuhr erst am frühen Morgen. Deswegen bin ich ein bisschen in Kronberg spazieren gegangen.«

»Die Auswertung von Kameraaufzeichnungen am Bahnhof Kronberg und eine Aufnahme von dir an der Straßenkreuzung zur Hohenzollern-Allee zeigen, dass du auf direktem Weg zum Anwesen von Konsul Hofgeier gelaufen sein musst.«

»Keine Ahnung, kann sein. Als ich müde wurde, habe ich mich auf einer Parkbank ausgeruht. Morgens wache ich auf und sehe, dass das die Straße vor Hofgeiers Grundstück ist. Aber das habe ich nicht betreten. Diese Geschichte haben sich die *angesehenen* Bürger ausgedacht, um mich kaltzustellen.«

Die Vernehmung wird durch einen Kriminalbeamten unterbrochen, der Hauptkommissar Odecker ein Formular übergibt. Odecker entlässt den Beamten mit einem trockenen »Danke« und wechselt einen vielsagenden Blick mit Dr. Sommer. Die Polizeipsychologin schaut kurz auf das Papier und notiert etwas in ihr Buch. Die beiden flüstern miteinander und glotzen mich stumm an.

»Was ist los? Urlaubsantrag abgelehnt?«, kürze ich die dramatischen Schweigeminuten ab.

»Ich persönlich bin der Meinung, dass du als ehemaliger Kollege eine Schande für uns bist. Die Fingerabdrücke an dem Glas sind eindeutig von dir.«

Jetzt ergreift die Polizeipsychologin das Wort. »Haben Sie eine Erklärung dafür?«

»Die Abdrücke auf dem Glas stammen vom letzten Dienstag. Da habe ich Konsul Hofgeier aufgesucht wie Sie ja bereits wissen. Wegen einer Ermittlung, mit der ich betraut bin. Im Park des Anwesens traf ich Sophia. Sie bot mir einen Drink an und wir gingen zusammen schwimmen. Nackt und freiwillig. Nachdem wir im Swimmingpool gefickt hatten, ging ich zum Konsul ins Haus. Für ihn schien es die normalste Sache der Welt zu sein, dass jemand seine Nichte vögelt und der gute Onkel dabei vom Balkon zuschaut.«

»Wenn Sie Ihre Aussagen entpersonalisieren, halten Sie sie dann noch für glaubwürdig?«, fragt mich Dr. Sommer.

»Sie meinen, wenn mir jemand anderes so ein Zeug erzählen würde? Dann, äh, ja, dann wäre ich skeptisch.«

»Das sind wir auch, Herr McBride. Ich frage sie daher ganz direkt: Haben Sie heute zwischen ein Uhr und vier Uhr morgens das Grundstück von Konsul Hofgeier in Kronberg betreten?«

»Nein.«

Hauptkommissar Odecker wird ungeduldig. »Wozu soll die Fragerei noch gut sein? Zwei Zeugenaussagen, Kameraaufzeichnungen von dir in der Nähe der Hohenzollern-Allee und eine Millionen kleine McBrides in Sophia Hofgeier! Gesteh einfach. Du kriegst dein Abendbrot in der U-Haft und wir unseren Feierabend.«

»Wenn es Videoaufzeichnungen von mir in Kronberg gibt, dann doch sicher auch vom Tatgeschehen am Swimmingpool. Die Überwachungsanlage auf Hofgeiers Grundstück ist nachts doch sicher eingeschaltet. Gerade nachts, oder?«

Erik Odecker verzieht das Gesicht: »Es wurden letzte Nacht keine Aufzeichnungen gemacht. Die komplette Überwachungsanlage auf dem Gelände war ausgefallen. Laut Auskunft von Konsul Hofgeier aufgrund eines technischen Defekts.«

»So ein Zufall. Gibt dir das nicht zu denken, Erich?«

»Na schön, McBride. Was dich hier vorerst rettet, sind nicht deine Fantastereien. Wie so oft ist es dieser digitale Mist, der unserer ordentlichen Ermittlungsarbeit einen Strich durch die Rechnung macht. Wir haben die Geo-Daten deines Mobiltelefons ausgewertet. Das Handy wurde während der Tatzeit auf Höhe einer Parkbank vor dem Hofgeier-Grundstück lokalisiert. Es könnte natürlich sein, dass du das Mobiltelefon eingeschaltet absichtlich außerhalb des Grundstücks abgelegt hast. Warum hast du es nicht einfach ausgeschaltet und mitgenommen?«

»Diese Frage ergibt nur Sinn, wenn man mich für den Täter hält. Der bin ich aber nicht.«

»Die Beweislage spricht eine andere Sprache, Jürgen. Frau Dr. Sommer wird dich jetzt einem psychologischen Test unterziehen. Nach dem Test sehen wir, wie's mit dir weitergeht.«

Damit verabschiedet sich mein alter Kollege. Das

schadet nichts. Auf seinen Beistand brauche ich nicht zu rechnen. Als er den Raum verlässt, kommen die beiden übereifrigen Torsten herein, mit denen ich bei meiner Festnahme Bekanntschaft machen durfte.

Frau Dr. Sommer klappt ein Laptop auf. »Herr McBride, ich würde jetzt gern mit der Untersuchung beginnen. Ist das in Ordnung für Sie?«

»In Ordnung, Dr. Sommer.«

»Der Test, den wir beide jetzt zusammen machen, ist eine Untersuchung zur Feststellung gesellschaftlich exponierter Charaktere, bei denen Verhaltensauffälligkeiten festgestellt wurden und/oder bei denen diese für die Zukunft prognostiziert werden könnten. Das Projekt nennt sich Futural Urban Criminalistic Knowledges, abgekürzt: F. U. C. K. Das Ganze ist ein Pilotprojekt des klinisch-psychologischen Instituts der Berliner Charité, das die Befragung in Zusammenarbeit mit der linguistischen Fakultät der Frankfurter Goethe-Universität entwickelt hat, die maßgeblich an der Textualisierung beteiligt ist. Der verantwortliche medizinische Leiter in Berlin ist Prof. Dr. Andreas Perkams. Hier am Frankfurter Polizeipräsidium K2 vertrete ich als Experimentleiterin das Projekt. Die Untersuchung findet derzeit in allen deutschen Großstädten mit einer erhöhten Kriminalitätsrate statt. Wir haben noch wenig praktische Erfahrungen mit diesem Projekt. Einige Laborversuche liefen, das muss ich Ihnen ehrlicherweise sagen, noch nicht zu unserer vollen Zufriedenheit ab. Die Befragung hier ist eine prototypische Situation. So weit verständlich?«

»Alles paletti. Die beiden Greifer sitzen dabei, weil Sie nicht wissen, wie die Sache ausgeht?«

»Nun ja ... So ähnlich. Die Befragung ist für den Probanden möglicherweise emotional sehr fordernd. Natürlich auch für den Befrager. Heftige Reaktionen, auch körperliche, sind nicht auszuschließen. Wir sind bemüht, die ganze Versuchsreihe für den Befragten so wenig belastend wie möglich zu gestalten.«

»Gut, fangen wir an.«

»Der Test ist ein psycholinguistischer Test. Wir versuchen herauszufinden, welche semantischen Koppelungen im Hirn des Probanden beim Erscheinen bestimmter sprachlicher Reize entstehen. Die Ergebnisse der Koppelungen werden erfasst und ausgewertet. Mit einer Vielzahl von Reizreaktion-Auswertungen lassen sich Rückschlüsse auf neuronal determinierte Persönlichkeitsstrukturen erschließen. Vereinfacht ausgedrückt: Da Denken an Sprache gebunden ist, können wir aus dem Test Rückschlüsse ziehen, welche Verhaltenspotenziale die Probanden aufzeigen oder wie die Befragten in bestimmten, sagen wir mal kritischen Situationen reagieren würden.«

»Danach wissen wir, ob ich gestern bei Hofgeier eingebrochen bin?«

»Das Ergebnis ist unspezifischer. Eher unterstützend in Hinblick auf ein kriminologisch signifikantes Potenzial. Ich stelle Ihnen jetzt die erste Aufgabe. Sie versuchen einfach nur ein Wort zu ergänzen, das Ihnen spontan in den Sinn kommt. Und zwar so, dass ein Satz entsteht, der sich am Ende reimt. Assoziationsfeld A, Aufgabe eins: Mir wird ganz heiß von ihren

Blicken, ich spür in mir die Bombe ticken, ich sehe die Frau und denk an …«

Ich muss lange über diesen Satz nachdenken. Dr. Sommer drängt auf eine schnelle Antwort.

»Jürgen, Sie müssen antworten.«

»Äh … denk an … denk an … Mücken.«

»›Mücken‹? Soll ich ›Mücken‹ notieren?«

»So hab ich's gesagt.«

»Gut, dann jetzt Aufgabe zwei: Ich dulde nicht, dass man mir trotze, ganz unten ist's, wohin ich glotze, und feucht schon tropft bei ihr die …«

»Rotze.«

»Aufgabe drei: Hier hilft kein Flehen und kein Bitten, ich stürm heran mit Riesenschritten, reingreifen werd ich in die …«

»Mitten.«

»Assoziationsfeld B, Aufgabe eins: Bestrafen will ich sein Betragen, jetzt geht's ihm an den Kragen, ich werd ihn tüchtig …«

»Befragen.«

»Aufgabe zwei: Furchtbar will ich mich an ihm rächen, und jeden Knochen einzeln brechen, ich kenn kein Gesetz, nur Hauen und …«

»Zechen.«

»Aufgabe drei: Ein Schlag wirft ihn auf den Asphalt, sein Schädel auf den Boden knallt, ist er nicht willig, so brauch ich …«

»Eine Tablette von Spalt.«

»So, ich danke Ihnen, Herr McBride. Wir sind durch mit dem Test. Ich werde Ihre Antworten zur Auswertung an den Zentralrechner in Berlin schicken. Das Ergebnis wird in zehn Minuten zurück nach Frankfurt übertragen.«

Dr. Sommer lässt mich mit den beiden Wachtmeisteranwärtern allein. Die Spackos haben bisher bloß teilnahmslos aus der Wäsche geglotzt wie Wachsoldaten vor dem Buckingham Palace. Kaum hat die Psychologin den Raum verlassen, können sie sich nicht mehr bremsen und geben ihren Senf zu der Untersuchung dazu.

»Mensch, McBride, echt. So schwer war das doch nicht. Die richtige Antwort, gleich bei der ersten Frage, das war ficken.«

»Ja und dann mit dem ›Jetzt geht's ihm an den Kragen, ich werd ihn tüchtig ...‹ doch nicht ›befragen‹. Schlagen wär da richtig. Schlagen, McBride. Ich bin mal gespannt, ob das für dich reicht.«

Nach zehn Minuten prescht Kommissar Odecker in den Verhörraum. An seinen Hacken klebt Dr. Sommer.

»So, McBride. Ich überlasse das Wort der Kollegin Sommer.«

»Das Ergebnis aus Berlin ist da. Ich kann Ihnen gleich sagen: Es sieht gut aus. Das Team von Prof. Perkams gibt eine eindeutige Unbedenklichkeitsempfehlung für Sie ab. Dem schließe ich mich gerne an. Herzlichen Glückwunsch.«

Während der Bekanntgabe meiner Beurteilung betrachtet Erich Odecker die Spinnweben in den Metallblenden der Neonröhren an der Verhörraumdecke. Im Anschluss erläutert mir der Hauptkommissar sehr ungern die Konsequenzen aus dem Stand der polizeilichen Ermittlungen.

»Die Sache mit der Ortung deines Handys außerhalb des Grundstücks Hofgeier und der Ausfall der internen Überwachungskamera auf dem Hofgeier-Grundstück während der Tatzeit verlangen weitere Klärung. Die beeideten Aussagen mehrerer Zeugen für den emotionalen Ausbruch von Sophia Hofgeier in der Germania lassen Zweifel an der Eindeutigkeit der Situation aufkommen. Die Verletzungsspuren an Frau Hofgeiers Unterarmen sind auffällig regelmäßig und könnten nach Meinung des behandelnden Arztes möglicherweise auf einen Suizidversuch zurückzuführen sein. Wir werden dazu weiter ermitteln. Die Staatsanwaltschaft sieht keinen Grund für eine Untersuchungshaft. Du darfst die Stadt nicht verlassen und musst dich täglich im Präsidium melden. Du kannst gehen, aber du bist noch lange nicht aus dem Schneider, McBride. So, und jetzt hau ab!«

# EIN PROSIT DER GEMÜTLICHKEIT

*Mittwoch, fünfzehnter Juli, Rüdesheim, Mittelaltermarkt*

Ein perfekter Tag. Der Opel sieht nach der Neulackierung in Original-Orange einfach blendend aus. Im Sonnenschein brettern wir über die Uferstraße am Rhein an Eltville vorbei. Sein Herz, das brandneu implantierte Tausendneunhundert-Kubikzentimeter-Aggregat, schlägt wie ein neues. Stark wie neunzig Pferde drängt die Opel-Maschine vorwärts.

Es ist immer wieder erstaunlich, welche Leistungen die moderne Kraftfahrzeug-Chirurgie zu erbringen imstande ist. Die Chromstoßstangen des Opels glitzern mit den Lichtreflexen der Wellen von Vater Rhein um die Wette. Der Opel GT und der Vater Rhein – das sind zwei echte Naturgewalten. Zwei elementare Kräfte, die sich im Moment in die gleiche Richtung bewegen, nämlich von Wiesbaden nach Rüdesheim. Nur dass der Opel den Rhein in punkto Geschwindigkeit locker abhängt.

Der Opel und ich sind nicht allein unterwegs – Michelle sitzt auf dem Beifahrerplatz. Was kann ich sagen? – Der Opel hat sie sofort akzeptiert. Das lag auch an Michelles klugem Verhalten beim ersten Zusammentreffen. Sie hat sich dem Opel von vorn genähert. Langsam, aber nicht ängstlich. Sie hat den Opel den ersten Schritt machen lassen, indem sie ihn mit seiner Kühlerhaube an ihrer Hand hat schnuppern lassen. Sehr einfühlsam hat sie nicht gleich mit der flachen Hand auf sein Dach geklopft und etwas so Dummes gesagt hat wie »Schönes Auto«.

Jetzt sitzt sie neben mir. Michelle! Die erste Frau seit Langem, bei der ich anderes empfinde als die Dinge, die im ersten Teil des psychologischen Tests im Polizeipräsidium abgefragt worden sind. Nachdem der Opel aus der Autoklinik entlassen worden ist, haben wir uns zu einer Spritztour verabredet. Michelle hatte einen Vorschlag: Wir könnten die Rheinuferstraße nach Rüdesheim runtercruisen. Dort gäbe es einen Mittelaltermarkt, den man besuchen könnte. Der Opel war mit der Fahrtroute einverstanden. Die Veranstaltung selbst, der Mittelaltermarkt, geht ihm, genau wie mir, am *Tofu* vorbei. Wir beide sind der Meinung: Man sollte sich nicht älter machen, als man ist.

Mit entspannten siebzig Sachen gleiten wir neben Vater Rhein hinein in einen friedlichen Nachmittag. Aber wie sich herausstellen würde, sollte mich dieser friedliche Nachmittag beinahe zum Invaliden machen. Und das kam so:

Ich drücke den Zigarettenanzünder rein, warte auf das Klack, mit dem er glühend herausspringt, und brenne an der hellroten Spirale meine Camel an. Der blaue Rauch kräuselt aus der heruntergekurbelten Scheibe in den noch blaueren Himmel der Rheinebene. Wir passieren den historischen, hölzernen Ladekran in Oestrich-Winkel. Ein paar Minuten später erreichen wir Rüdesheim. Im Schritttempo zockeln wir zwischen den Touristenbussen über die Uferpromenade. Rüdesheim hat schon mal bessere Zeiten gesehen. Bei vielen unserer Landsleute hat der Rhein-Romantik-Ort als touristischer Hotspot ausgedient. Wer sich allerdings einen Sinn für deutsches Heimattum bewahrt hat und auf der Suche nach einer Tasse mit dem Vornamen seiner Oma oder nach einer Kuckucksuhr aus Plastik ist, der wird in Rüdesheim fündig. Aber insgesamt ist das Thema durch. Rüdesheim ist uncool geworden. Die Zeiten, in denen die Besucher hier massenhaft einfielen, um auf den Rheinterrassen Rüdesheimer Kaffee* zu trinken, Schwarzwälder Kirschtorte zu essen und danach in der Drosselgasse in einer Art immerwährenden Karneval »Warum ist es am Rhein so schön« zu grölen, sind vorbei. Die Lokale mit den Live-Bands gibt es zwar immer noch, aber es mangelt unseren Landsleuten beim Feiern heutzutage an der kämpferischen Einstellung, die unsere Vorfahren in den Fünfziger- und Sechzigerjahren noch an den Tag gelegt haben. Auf den alten Schwarz-Weiß-Fotos, die in den Weinlokalen hängen, kann man sehen, was damit gemeint ist. Wer damals nicht gleich bei Ankunft in der Weinseligkeit der Altstadt versackt ist, hat sich mit der Seilbahn, in der schon Elvis Pres-

---

\* Eine geniale Erfindung von Hans Karl Adam aus dem Jahr 1957 für das Weinbrandhaus Asbach, dank der es erstmals gelang, Weinbrand in einem Kaffeebecher zu tarnen. Mittels Zugabe von Kaffee, reichlich Zucker, einer deckenden Schlagsahnehaube sowie Schokoladenstreuseln ist es so möglich, sich Hochprozentiges auf diskrete Weise schon am frühen Nachmittag in der Öffentlichkeit einzuverleiben.

ley saß und die noch heute über die Rüdesheimer Weinberge schwebt, zu unserer Nationalheiligen Germania aufgemacht. Die wurde um 1883 oben am Berg aufgestellt, nachdem wir ausnahmsweise mal einen Krieg gewonnen hatten. Die Germania ist eine zehn Meter große Frau mit einer Frisur aus Metall und einem riesengroßen Schwert.

Außer ein paar Rentnertrupps auf der Durchreise bei einer Rheinschiffstour verlieren sich wie gesagt wenig deutsche Urlauber hierher. Diese touristische Lücke wird gegenwärtig durch Chinesen aufgefüllt. Rüdesheim und auch andere Rheinorte rheinabwärts Richtung Koblenz haben es geschafft, die Leute aus dem Land der Mitte für sich zu interessieren. Das ist clever, denn Chinesen gibt es jede Menge.

»Da vorne müssen wir rechts hoch«, unterbricht Michelle meine Überlegungen zur neueren deutschen Geschichte und leitet uns von der Uferstraße in eine steil ansteigende Nebenstraße.

Am Straßenrand steht ein Plakat zur Veranstaltung »Spectaculum – Der Mittelaltermarkt zu Rüdesheim«. Wir fahren an einem alten Gemäuer, der tausend Jahre alten Brömserburg, vorbei, biegen ab bergan in die Weinberge, erreichen eine ebene Fläche oberhalb des Rheins und werden dort auf einen Parkplatz eingewiesen. Wir zahlen die Parkplatzgebühr und schließen uns dem Fußgängerstrom an, der zum Gelände des Mittelaltermarktes fließt.

Viele Besucher des Mittelaltermarktes haben sich ausstaffiert wie Statisten aus einer Game-of-Thrones-Folge. Welcher historische Zeitraum mit diesen Verkleidungen exakt dargestellt werden soll, lässt sich schwer sagen. Die Besucher stellen in ihren Kostümen eine ideale Zeit nach, die es vielleicht einmal gegeben hat, bevor uns die Zivilisation einen Strich durch die Rechnung gemacht hat und gutes altes Brauchtum durch Glühbirnen, Kühlschränke und Pockenschutzimpfungen ersetzt hat.

Um uns herum stehen Bauerndarsteller in groben Jacken aus Kartoffelsackstoff, Gaukler in samtenen Pluderhosen und Stulpenstiefeln, Jägerinnen mit Fasanenfedern an grünen Hütchen und jede Menge Zauberer, Barden und Prinzessinnen. Michelle passt mit ihrem Outfit gut zu den Mittelalterfans. Das bodenlange Kleid und ihre Ledersandalen trägt sie auch im Alltag. Aber heute hat sie ihre Locken auf eine besondere, irgendwie altertümliche Weise mit einem Tuch nach oben gebunden.

Ich habe den Eindruck, dass man sich für diesen Mittelaltermarkt nicht nur zum Spaß verkleidet hat, sondern dass man die Sache viel ernster nimmt, als zum Beispiel eine Verkleidung zur Mainzer Fastnacht. Hier treffen sich Gleichgesinnte an einem gemeinsamen Sehnsuchtsort namens Vergangenheit. Meine verspiegelte Ray-Ban, meine Bomberjacke, meine neongrünen Reebok-Sneakers und vielleicht sogar mein Gesicht, schätze ich, passen nicht zur Veranstaltung. Was das Mittelalter betrifft, bin ich eher skeptisch. Kann sein, dass die Leute mir das ansehen. Meine Einstellung zum Mittelalter ist: Ich bin froh, dass es vorbei ist.

Michelle zuliebe komme ich aber gerne mit auf den Markt. An der Einlasskontrolle lässt sie es sich nicht nehmen, die beiden Tageskarten für uns zu zahlen. Sie freut sich und da freue ich mich jetzt einfach mal mit. Wir betreten das Gelände. Es ist eine mehrere Fußballfelder große Fläche, durch Sichtblenden von der Außenwelt abgetrennt. Wenn man von Kleinigkeiten wie Rittern mit Brillengestellen und auf dem Handy rumknipsenden Burgfräuleins absieht, ist die Illusion einer Reise in die Vergangenheit gut gelungen. Die Gerüche der Speisen, die nach alten Rezepten auf Holzfeuern zubereitet werden, die Handwerkerstände mit Schmieden, Spinnen und Töpfern, bei denen man zuschauen und mitmachen kann, die Sangesvorträge der Minnesänger zu Lautenmusik, die kleinen Kinder in Lederschürzen und dreckverschmierten Gesichtern, die Marktfrauen, die Ziegen melken, und am meisten die Besucher, die sich auf das alles gerne einlassen, lassen eine vergangene Zeit wieder aufleben.

Michelle und ich schlendern an Zelten und grob gezimmerten Buden vorbei und stellen uns schließlich an einem Essensstand an, von dem es lecker nach selbst gebackenem Brot riecht. Die Fladen aus Brotteig, die es hier gibt, werden auf handgemalten Schildern als »Dengel« angepriesen. Dengel mit Schmand, Zwiebeln und Kräutern für wohlfeile drei Taler und fünfzig Kreuzer. »Taler« und »Kreuzer« benutzen die Händler hier auf dem Markt für »Euro« und »Cent«.

Zu Taler fällt mir Dagobert Duck und die Entenhausener Währung ein. Seine im Geldspeicher gehorteten Trilliarden Taler und sein Glückskreuzer Nr. eins, den Gundel Gaukeley, die Hexe mit Entenschnabel, ihm immer abzujagen versucht. Sollte mich nicht wun-

dern, wenn Gundel hier auf dem Rüdesheimer Mittelaltermarkt auch einen Stand hat. Aber, schon klar: Taler
soll alt klingen, nach Mittelalter. Und Mark kann man
noch nicht nehmen. Diese alte Währung ist noch zu
jung. Mark und Pfennig wird auf den Mittelaltermärk-
ten benutzt werden, die in tausend Jahren stattfinden.
Michelle und ich sind an der Reihe mit unserer Bestellung. Ohne hinzusehen, wer mich bedient, weil ich mich
mit Michelle unterhalte, strecke ich der mittelalterlichen
Servicekraft einen Zehn-Taler-Schein mit der Bestellung
»Zweimal, bitte« entgegen.

»Ei, wen hammer denn da. Unsern freigelassenen Sit-
tenstrolch.«

Mutter Hegemann steht vor mir. Im Kostüm einer
Marketenderin aus dem Dreißigjährigen Krieg. Ihr
mächtiger Körper ist mit einem rechteckigen Leinen-
umhang bedeckt. In die Mitte des Umhangs ist ein
grobes Loch geschnitten aus dem ihr Kopf herauslugt.
Der Umhang ist mit einem Hanfseil in der Mulde zwischen Brust und Bauch stramm zusammengegürtet.
Ihr historisches Kostüm ist jedoch nur im Bereich der
Damenoberbekleidung vollständig, möglicherweise aus
Kostengründen. Jedenfalls stecken ihre Beine in rosa
Leggings mit Hello-Kitty-Aufdruck. Ihr breites Haupt
mit den von der Ofen-Hitze verklebten Haaren wird
von einer selbst genähten Kappe mit Ohrenklappen aus
grobem Filz bedeckt. Wenn ihre Leggings Zweifel an
der zeitgeschichtlichen Originalität der Verkleidung
aufkommen lassen, so bereinigt das die handgefertigte
Kopfbedeckung wieder. So und nicht anders muss das
Mittelalter ausgesehen haben.

»Sinn mer schon widder raus auf Bewährung, was? Jule, guggema wen mer hier ham.«

Hausmeisterin Hegemann meistert den Fladenstand zusammen mit ihrer Tochter Jule. Darüber muss man sich nicht wundern. Die beiden hängen rund um die Uhr zusammen. Was aber erstaunt, ist, dass Annika und Niclas, meine Hipster-Nachbarn, die das Loft eine Etage unter mir bewohnen, ebenfalls am Stand mitarbeiten. Sie sind für das Backen und Belegen der Brotfladen zuständig. Auch die beiden haben sich stilecht als Mittelalterpersonal verkleidet und tragen Klamotten aus Nesselstoff und Leder. Ich grüße die beiden, aber sie scheinen mich nicht zu erkennen. Dabei bin ich der Einzige, der hier als sein Original auftritt.

Budenchefin Hegemann hat mir den Zehn-Taler-Schein aus der Hand gerissen, macht aber keine Anstalten, mir die zwei Brotfladen oder das Wechselgeld auszuhändigen. Lieber überlässt sie sich noch eine Weile den zornigen Ausflockungen ihres Mittelalterhirns und lamentiert laut vor den Leuten, die an der Backbude hinter mir anstehen. Von dem Gekeife angelockt, versammelt sich eine Menschentraube am Stand, um mich mit offenem Mund anzuglotzen. Mit einem Gesichtsausdruck wie in der guten alten Zeit. Mutter Hegemann deutet mit ausgestrecktem Arm auf Michelle.

»Und Sie sinn bestimmt die Bewährungshelferin von dem Strolch. Passese bloß Obacht, mein Frollein.«

»Frau Hegemann, geben Sie mir die zwei Fladen und halten Sie die Klappe«, stoppe ich die Marketenderin.

»An meim Stand schwätz ich, was ich will. Man muss die Leut doch warnen vor einem wie Ihne.«

Den letzten Satz sagt sie weniger zu mir, als mit Blick auf die Menschentraube, die an ihrer Bude den Maulaffen feilhält. Mutter Hegemann knallt mir das Restgeld auf den Tresen und schiebt die Fladen rüber.

»Wer war das?«, will Michelle wissen.

»Meine Hausmeisterin.«

»Charmant«, grinst Michelle und beißt ein Stück ab. Die Dinger schmecken köstlich.

Die schlecht gelaunte Hausmeisterin haben wir schnell vergessen. Wir schlendern durch ein Gasse mit Verkaufsständen für mittelalterlichen Nippes wie bestickte Lederbeutel, geschnitzte Holzschüsseln und tönerne Öllämpchen. Am Ende der Gasse öffnet sich das Festgelände zu einem weiten Platz, dessen Inneres mit einem stabilen Holzgatter umzäunt ist, wie bei einer Pferdekoppel. Auf einer Längsseite der Arena erhebt sich eine Zuschauertribüne, die mit einem rotweiß gestreiften Zeltdach überspannt ist. Die Tribüne ist bis auf den letzten Platz besetzt. Das Geschrei der Zuschauer hallt über den Platz. Die Anwesenden feuern eine Gruppe von Kindern an, die bei einem Sackhüpfrennen auf dem mit Sägemehl bestreuten Platz übereinanderpurzeln.

Auf die Umzäunung gestützt stehen Michelle und ich gegenüber der Tribüne und schauen uns das drollige Spektakel an. Das Kinderprogramm endet. Die Nachwuchsburgfräulein und Nachwuchsritter flitzen zurück zu ihren Eltern. Ein Trommelwirbel und eine Fanfare kündigen einen neuen Programmpunkt an. Ein Dutzend Ritter marschiert in voller Montur in die Arena ein. Ein Raunen geht durch die Ränge. Die Männer in den stattlichen Rüstungen, ausstaffiert mit Federn, Schwertern und Schildern, sehen wirklich beeindruckend aus. Der Ausrufer, ein Zeremonienmeister in Mönchskutte, fordert die Aufmerksamkeit des Publikums und schwenkt einen mannshohen Knotenstock.

»Silentium! Allerwertestes Publikum. Lasst Stille walten. Denn nunmehr weilen die besten Ritter dieses Turniers unter uns. Erweiset ihnen itzo die Ehre, die sie verdienen. Wir grüßen Euch, edle Herren.«

Die Männer in den Ritterrüstungen schlagen zum Gruß mit Schwertern auf ihre Blechschilde und verursachen einen Heidenlärm.

Der Zeremonienmeister reißt die Arme hoch, die weiten Ärmel seines Umhangs flattern im Wind. Seinen Kopf nach hinten geneigt, schreit er senkrecht seine Worte in den Himmel: »Doch lasst uns den Tapfersten unter den Tapferen begrüßen. Keinen gab es unter den ehrenwerten Rittern, dessen Mut sich hat angeschicket zu trotzen seiner Mächtigkeit. Wo Mutter Erde sich vereinigt hat mit himmlischen Samen, da ward solcher Schöpfung Wahrheit. Erkennt, was vor euren Augen steht. Möge euer Herz sehen die löbliche Minne dieses Mannes. Gegrüßet seist du, Roter Ritter.«

Michelle lehnt sich zu mir rüber. »Die machen ja eine ziemliche Welle mit ihren Ritterdarstellern«, meint sie.

Nach einem Trommeldonnerschlag betritt der siegreiche Ritter die Arena. Ein Riesenkerl, auf dessen Helm ein Federbusch aus roten Straußenfedern wippt. Der dreizehnte Ritter.

»Im edlen Wettstreit des Turniers hat der Rote Ritter besieget alle hier anwesenden Edlen. Wohlan denn, so werde ich den Roten Ritter ausrufen zum Besten. Altem Brauche gemäß widerspreche der, der sich eines Besseren dünket oder kennet, welchen er für einen besseren haltet, sofern er am Platze gegenwärtig.«

Der Zeremonienmeister macht eine dramatische Pause und blickt durch die Reihen der Anwesenden.

»So sei am Orte zu Rüdesheim im Julius des Jahres 2015 verkündet, dass ...«

»Halt! Ich kenne einen besseren«, gellt von der Tribüne eine Stimme über den Platz und unterbricht die Ansage.

»So zeige dich und weise uns den besseren«, fordert der Zeremonienmeister und kreuzt seine Hände vor der Brust.

Im Publikum am Gatter der Arena und auf der Tribüne wird es still. Eine einzelne hagere Person in einem Lederwams erhebt sich in der Tribünenmitte und weist mit seinem Arm über den Kampfplatz in unsere Richtung.

»Der Mann dort drüben mit den Spiegelgläsern und der schwarz-weißen Kappe mit dem Wappen des Adlers. Ihn halte ich für einen besseren.«

Sein Finger zeigt eindeutig auf mich.

»Behufes wessen weiset er aus dero Stärke des Fremdlings, stehend dort am Kampfesgatter?«, will der Moderator mit der Mönchskutte wissen.

»Wenn er der ist, für den er sich dünkt, so trete er hervor. Ich kenne ihn und weiß um seine Großsprecherei. Hier vor seiner Minne Michelle aus der Reichsstadt Frankfurt nennen wir ihn einen Feigling, lege er nicht Rüstung an und verteidige seine Ehre.«

Michelle hakt ihren Arm bei mir unter:»Hast du ihn erkannt? Das ist Jo. Lass dich nicht provozieren. Komm – wir gehen.« Michelle will mich wegziehen. Fünfhundert Leute sollen Zeuge werden, wie Jürgen McBride, der allerallerbeste der Besten unter den Privatdetektiven, den Schwanz einzieht und sich trollt? No way!

Ich reiße mir die Eintracht-Frankfurt-Cap vom Kopf und schleudere sie in die Arena. Das Publikum johlt auf und applaudiert.

Der Zeremonienmeister verkündet:»Der Herausgeforderte nimmt die Combat an. Ehrerbietung! Der Streit beginne nach einer Viertelstunde. Knappe, helfet dem mut'gen Widersacher in eine Rüstung«, kommandiert er einen kleinen Mann mit Bierbauch und Nickelbrille als Helfer heran.

Mein Ritterknappe hilft mir die eiserne Ritterrüstung anzulegen. Der Metallpanzer wird am Rücken mit Lederriemen so fest geschnürt, dass man sich kaum bewegen kann. Das Ding ist mir zu eng und wird es während des Kampfes auch bleiben – Eisenklamotten weiten sich schließlich nicht beim Tragen. Als ich mich bei meinem Knappen über den knappen Sitz beschwere, antwortet er, dass das so sein müsse. Zu meinem eigenen Schutz. Der Mann wird schon wissen, was er tut, denke ich. In dem eisernen Anzug stapfe ich über die Sägemehlspäne der Kampfbahn.

Der Entscheidungskampf wurde auf dem gesamten Gelände ausgerufen und der halbe Markt hat sich zum Kampffeld aufgemacht. Die Zuschauer drängen sich in dichten Reihen um die Arena. Natürlich sind auch die

Damen Hegemann ganz vorn mit dabei. Gleich hinter ihnen stehen meine Hipster-Nachbarn Annika und Niclas. Die Viererbande aus der Backbude. Von meinem Kontrahenten, dem Roten Ritter, ist noch nichts zu sehen. Michelle winkt mir von außerhalb der Arena zu. Sie müht sich ein zuversichtliches Lächeln zu zeigen.

Ein Bild des Opels erscheint mir vor Augen, wie er mich heute Morgen auf dem Parkplatz begrüßt hat. Dieses Bild meines besten Freundes kommt mir unvermittelt in den Sinn. Wie bei einer Rückblende in einem Kriegsfilm, in dem die Erinnerungen eines Soldaten an die schönsten Erlebnisse seines Lebens eingeblendet werden, bevor er im Gefecht zu Tode kommt.

Mein Knappe bringt mir mein Schwert. Natürlich ist es nur ein Holzschwert. Das passende Werkzeug für einen Schaukampf, bei dem man sich ordentlich prügelt, aber niemand ernsthaft verletzt werden soll. Immerhin ist es recht stabil aus Kiefernholz zusammengeleimt. Bestimmt unangenehm, wenn man es auf die Rübe bekommt. Aber kein Vergleich mit einem Stab aus Hartholz, wie es beim japanischen Kendo-Kampf benutzt wird. Nach ein paar Übungsschlägen in die Luft freunde ich mich mit meinem Schwert an. Es hat eine für mich passende Länge. Mein Ritterknappe führt mich auf den Kampfplatz in der Mitte der Arena. Ein zehn mal zehn Meter großes Viereck, das mit roten Bändern auf dem Boden abgesteckt ist. In den gegenüberliegenden Ecken hat man Hocker aufgestellt, auf denen sich die Kombattanten mit den schweren Rüstungen in den Kampfpausen ausruhen können. Ich setze mich und bitte meinen Assistenten, mir aus der Arschtasche meiner Levis 501 meine Zigarettenschachtel zu nesteln. Bevor die Show beginnt, will ich zur Entspannung noch eine Camel plotschen.

Ein Fanfarenstoß lässt mir vor Schreck die Camel aus der Eisenhand gleiten und auf den Boden fallen, wo die Tabakkrümel zwischen ihren pflanzlichen Verwandten, den Sägespänen, weiterkokeln.

Mein Kontrahent, der Rote Ritter, tritt vor. Er wird von zwei Knappen zu seiner Ecke geleitet. Seine roten Hosen flattern im Wind. Über der Rüstung prangt auf einer Weste sein Wappen, ein zweischwänziger Löwe.

Der Zeremonienmeister schwingt seinen Stab und ruft den Kampf aus. »Werte Frauen und Männer. Ich erbitte Euch, grüßt mit mir den Ungeschlagenen, den Ritter des Löwen mit dem gespaltenen Schwanz, den Edlen von Düsseldorf.«

Das Publikum jubelt dem Prachtkerl zu.

»Und nun lasset hören den Herausforderer: Wessen Name und Herkunft des mut'gen Herausforderers sei zu proklamieren?«

Ich verstehe nur Bahnhof. Die Meute hinter dem Gatter in den beknackten Mittelalterklamotten glotzt mich mit Kuhaugen erwartungsvoll an. Mein Assistent, der sich etwas entfernt von meiner Ecke herumgedrückt hat, eilt herbei. Hinter seinem Rücken versteckt er eine qualmende Zigarette. Es ist eine von meinen Camel. Der Kerl ist wirklich der geborene Ritterknappe.

»Verzeiht, Herr, Ihr müsst preisgeben euer Wappen. Euer Namen und Ihro Herkunft ist gefordert. So will es das Gesetz.«

»Das Wappen ist der Eintracht Adler. Ich bin Jürgen McBride. Aus dem Frankfurter Gutleutviertel.«

»Seid bedankt.«

Mit flinken Schritten watschelt mein Knappe über die Sägespanarena und überbringt dem Zeremonienmeister die Nachricht.

Der Ansager breitet seine Arme aus. »Ihr guten Leute, begrüßt mit mir: den schwarzen Adler, Ritter Jürgen aus der freien Reichsstadt Frankfurt. Nun tretet heran, ihr wackren Kombattanten, tretet ein in den Kreis der Ehre.« Der Rote Ritter tritt in Mitte des Vierecks. Wir stehen uns gegenüber. Der Kerl überragt mich um Haupteslänge. Egal. Ich werde den Lulatsch mein Kinderschwert um die Ohren hauen, bis er nicht mehr weiß, ob er Männchen oder Weibchen ist.

Ein Greis mit weißen Haaren und Wallebart, der hier als Schiedsrichter fungiert, erklärt uns die Regeln. Sieger des Kampfes ist, wer mit seinem Holzschwert die meisten Treffer am Körper des Gegners landen kann. Es zählt nicht die Härte des Schlages, sondern die Anzahl der Treffer. Die Treffer werden von der Jury gezählt. Das Stechen mit dem Holzschwert ist verboten. Bei übermäßig hartem Schlagen wird der Kampf unterbrochen. Wenn ein Ritter den Ring verlässt, freiwillig oder beim Kampf rausgeworfen wird, wird der Kampf unterbrochen. Der Ritter muss durch Handzeichen zu erkennen geben, ob er den Kampf fortsetzen will, und kann dann in den Ring zurückkehren. Fühlt sich ein Ritter unterlegen, so kann er das durch Klopfen auf den Boden mitteilen. Der Kampf wird dann abgebrochen.

Der Schiedsrichter kann den Kampf jederzeit beenden. Das Urteil wird durch eine Jury aus drei Rittern gefällt. Der Kampf dauert dreimal drei Minuten. Wer schon mal im Ring stand, weiß, dass drei Minuten lang sein können. Die Straßenfights, an denen ich beteiligt bin, sind in der Regel nach weniger als dreißig Sekunden zu Ende – wenn man das unnütze Gequatsche vor der eigentlichen Schlägerei abzieht. Als Geste der Fairness streckt mir der Rote Ritter die Fäuste entgegen. Ich schlage mit beiden Händen von oben auf seine Eisenhände. Dann bin ich dran und halte meine Eisenfäuste hin. Der Mann drischt mit voller Wucht auf meine Hände. Meine Daumen werden in den Metallhandschuhen schmerzhaft zusammengequetscht.

»Möge der Wettstreit beginnen«, ruft der Sprecher und senkt seinen Stab.

Wir schreiten zurück in unsere Ecken. Bevor ich mich zum Kampf umdrehe, trifft mich das Schwert des Roten Ritters am Hinterkopf. Ein Schlag wie mit einer Baseballkeule. Wie konnte der Mann in der schweren Rüstung sich mir so schnell und geräuschlos nähern? Mein Helm ist durch den Treffer seitlich verrutscht. Die Visieröffnung hängt mir an der Backe. Ich kann nichts sehen. Licht dringt nur von unten in den Helm. Der nächste Schlag erwischt mich noch härter. Er trifft meine Brustpanzerung in der Höhe des Magens und katapultiert mich aus dem Ring. Sein Schwert kann kein Schwert aus Weichholz sein. Ein scharfer Pfiff ertönt. Der Kampf wird unterbrochen. Mein Knappe hilft mir auf die Beine. Als ich stehe, fragt mich der Schiedsrich-

ter, ob er den Kampf beenden soll. Ich spucke die Sägespäne aus und richte meinen Helm.

»Nein. Es geht weiter. Ich bin gestolpert.«

Mein Knappe hebt mein Schwert auf, ohne es mir
zu reichen. In seinem Mundwinkel steckt eine frische
Camel. »Sah grad nicht so klasse aus, Boss. Sollten wir
nicht lieber abrüsten? Ist ja bloß ein Schaukampf. Ich
meine, wir könnten stattdessen Met trinken gehen.«

»Können wir später immer noch. Her mit dem
Schwert.«

Die drei Minuten der ersten Runde sind zu Ende.
Drüben in der Ecke servieren zwei Knappen dem Roten
Ritter einen Energydrink und massieren seine Waden.
Mein Knappe hat immerhin eine Flasche Selters parat.

»Steck mir mal eine Zigarette an, Knappe.«

»Das ist nicht gut für Sie, Boss. Die Raucherei nimmt
Ihnen die Luft, Boss. Sieht so aus, als ob Sie die noch
brauchen werden.«

»Schnauze, Knappe! Her mit meinen Kippen. Wer
hat dir erlaubt, meine Camel zu rauchen? Wie heißt
du eigentlich?«

»Norbert.«

»Schön. Entzünde mir eine Zigarette, Knappe Norbert.«

»Jawohl, Euer Liebden.«

Ein Fanfarensignal kündigt die zweite Runde an.
Der Rote Ritter stürmt auf mich zu, um mir sein Hartholzschwert wieder auf die Birne zu knallen, bevor der
Kampf richtig begonnen hat. Diesmal sehe ich ihn kommen. Ich warte, bis er in Schlagweite ist und sein Ding
auf mich niedersaust, und drehe mich auf den Fußspit-

zen um neunzig Grad zur Seite. Sein Schlagholz zischt an mir vorbei und drischt ein Loch in den Boden. Mit einem Schritt bin ich hinter dem Freak und haue ihm mein Holzschwert von unten zwischen die Beine in seine ungeschützten Weichteile. Nicht mit voller Kraft. Aber immerhin so, dass der Mann nachdenklich wird. Der Rote Ritter sinkt auf seine metallenen Knieschoner. Er stützt sich auf seinen muskulösen Armen ab. Ganz leicht klopfe ich ihm mit meinem Schwert jeweils einmal auf die rechte und linke Schulter. Jetzt steht es drei zu zwei für mich, oder? Die Jury berät sich. Dann wird der Zwischenstand des Kampfes verkündet: Alle Treffer werden als regelgerecht gewertet.

»Drei zu zwei für den schwarzen Adler aus Frankfurt.«

Das bin ich. Dann ist Ringpause.

Der Fanfarenstoß zur dritten und letzten Runde erklingt. Diesmal lässt es der Rote Ritter ruhiger angehen und führt seine Schläge aus einer sicheren Deckung heraus. Ich täusche einen Schlag auf seinen Helm an, um gleich darauf einen Treffer in die offene Flanke seines Brustpanzers zu setzen. Beides blockt der Rote Ritter gekonnt ab. Lauernd umkreisen wir uns. Der Kerl startet jetzt eine wilde Attacke und haut dabei in sinnloser Wut eine Serie von Löchern in die Luft. Ich weiche seinen Schlägen aus, will den Punktevorsprung über die Zeit bringen und warte auf den Gong zum Ende der dritten und letzten Runde.

Da klopft etwas an meine Panzerung. Zuerst nur vereinzelt, dann in kurzen Abständen. Auf mich prasseln Äpfel, Tomaten und Walnüsse nieder. Die Anhänger des

Roten Ritters bewerfen mich von außerhalb des Rings mit allem, was sie zu fassen kriegen. Als ich einen Blick in Richtung der Düsseldorf-Fans wage, entdecke ich den Spirutopia-Assistenten Daniel. Er hat gerade etwas geworfen. Eine große, matschige Tomate schlägt in mein Helmvisier ein, bevor ich mich wegdrehen kann. Ich will das Visier hochklappen, aber es klemmt. Das Scharnier ist von dem Treffer des Roten Ritters verbogen. Während ich versuche, mit meinem Eisenhandschuh die Sehschlitze des Visiers freizukratzen, klopft etwas anderes als Nüsse und Gemüse auf meine Rüstung. Der massive Schlag auf meinen Brustpanzer lässt mich bis in die Schuhsohlen erzittern. Zur Abwehr des nächsten Schlages halte ich mein Weichholzschwert ins tomatenblinde Nirgendwo. Umsonst. Durch den Hieb meines Gegners zersplittert mein Schwert zu Essstäbchen. Ein Volltreffer in die Kniekehle ist so massiv, dass ich mich nicht mehr auf den Beinen halten kann. Wehrlos ohne Sicht und Schwert krümme ich mich auf dem Boden zusammen und versuche so wenig Angriffsfläche wie möglich zu bieten. Der Rote Ritter keucht vor Anstrengung und lässt eine Batterie von Schlägen auf mich niederprasseln. Ein Teil des Publikums stöhnt wegen der Brutalität mitfühlend auf, der andere Teil freut sich über die geile Action und applaudiert.

Ein Ruf von draußen feuert den Roten Ritter an, mir den Rest zu geben: »Mach ihn fertig, Champ!«

Den gleichen Anfeuerungsruf habe ich doch letzte Woche schon mal gehört. So feuerte seine kleine Freundin den Kerl während der Schlägerei auf der Zeil an. Champ, das ist der Zwei-Meter-Klops, derselbe Hulk, der mich wegen seines heruntergefallenen Döners killen wollte.

Der Pfiff des Schiedsrichters schrillt auf. »Schluss, aus! Der Kampf ist zu Ende.«

Der Rote Ritter überhört den Pfiff. Wie ein Besessener drischt er weiter auf meine Rüstung ein. Der Schiedsrichter mit dem weißen Wallebart will ihn abhalten und greift von hinten in seinen Schlagarm. Der Rote Ritter dreht sich und rammt ihm seine Eisenfaust ins Gesicht. Miraculix sinkt in die Sägespäne. Sein Gesicht bleibt neben einer matschigen Fleischtomate liegen und unterscheidet sich optisch kaum von derselben.

Jetzt stürmen drei Ritter in den Kampfring und zwingen den Tobenden zu Boden. Ein Sanitäter vom Malteser Hilfsdienst zieht mir den verbogenen Helm ab. Endlich bekomme ich jemanden zu Gesicht, der sich nicht als Mittelalterdarsteller verkleidet hat. Allein das lindert die Schmerzen ein wenig. Der Sanitäter spricht mich an: »Können Sie mich hören? Wie geht es Ihnen?«

»Kopfschmerzen.«

»Das glaube ich. Wir bringen Sie zur Krankenstation und nehmen eine vorläufige Untersuchung vor. Um zu checken, ob Sie transportfähig sind, in Ordnung?«

Bevor ich auf der Trage abtransportiert werde, hilft mir mein Knappe aus der Rüstung. Er begleitet seine Dienste mit endlosen Entschuldigungen.

»Ich bedaure Eure erlittene Unbill aus tiefem Herzen, mein Herr. Gäbe es etwas zu Eurer Wohlgefallen, womit ich dienen dürfte?«

»Ja, gibt es. Zwei Dinge.«

»Heraus damit, Sire! Und wenn es mein Leben gälte.«

»Erstens: Hör auf so kariert zu quatschen. Ich habe Kopfschmerzen und kann das nicht vertragen.«

»Zu Befehl, Euer Liebden.«

»Zweitens: Rück meine Camel raus. Niemand hat gesagt, dass du die Kippen behalten kannst.«

Der kleine dicke Mann nestelt die verbeulte Packung aus der Innenseite seines Wams. »Verzeiht, hoher Herr.«

»Und jetzt mach dich vom Acker!«

»Wenn ich noch meine Adresse zurücklassen dürfte, mein Herr. Für alle Fälle, meine ich, falls Sie mich mal brauchen, es wäre mir eine Ehre, jederzeit, Tag und Nacht. Handynummer steht drauf.«

Der Knappe Norbert drückt mir seine Visitenkarte in die Hand: »Norbert Blümel, Health Securities and Finance Management, Foppingerstr. 5, 63070 Offenbach.«

Ich lasse die Pappe in die blutgetränkte Arena fallen.

Nach meiner Untersuchung auf der Krankenstation, bei der eine leichte Gehirnerschütterung und zwei Rippenbrüche festgestellt werden, unterschreibe ich eine Einverständniserklärung und entlasse mich auf eigenes Risiko. Michelle fühlt sich für die Schlägerei verantwortlich und macht sich Vorwürfe. Sie möchte mich nach Hause fahren. Der Opel ist einverstanden, dass sie auf dem Rückweg nach Frankfurt am Steuer sitzt.

# TIME FOR FLIRTATION

*Donnerstag, fünfzehnter Juli, Gutleutviertel, Gummistiefelfabrik*

Von der Rückfahrt zurück nach Frankfurt bekomme ich nicht viel mit. Ich rauche und lasse mir den Wahnsinn dieses Nachmittags durch den Kopf gehen. War es Zufall, dass ich den Weizenbier-Schamanen Jo und den Zeil-Schläger in Ritterrüstung auf dem Mittelaltermarkt getroffen habe? Ich blicke rüber zu Michelle, die den Opel über die Rheinuferstraße bei Oestrich-Winkel lenkt. Sie lächelt mich unsicher an und konzentriert sich wieder auf die Fahrbahn. Es war ihre Idee, nach Rüdesheim zu fahren. Was hat sie sich davon erwartet?

Jos Motive dagegen sind glasklar: Er will mich beseitigen, um auf der Liste der Nutzer des magischen Rezeptes eine Stufe nach oben zu rücken. Er glaubt so fest an die Wunderwirkung des Rezepts wie die Ritter der Tafelrunde an den Heiligen Gral. Obendrein ist er wegen Michelle eifersüchtig auf mich. Jo hat definitiv den Roten Ritter angewiesen, mir den Schädel einzuschlagen.

Michelle versucht mich auf der Rückfahrt nach Frankfurt in ein Gespräch zu ziehen. Ich bin maulfaul und antworte nicht. Mein Kiefer schmerzt von den Schlägen mit dem Hartholzschwert. »Soll ich dich nicht besser doch in die Uniklinik fahren, Jürgen? Du könntest innere Verletzungen haben. Wie der Kerl zugeschlagen hat. Das sah richtig schlimm aus. Das ist alles meine Schuld, weil ich dich auf diesen bescheuerten Mittelaltermarkt geschleppt habe.« Michelle schluchzt auf. Silberne Tränen kullern aus ihren grünen Augen. Schwarz rinnt der Mascara über die Wangenknochen. Sie achtet nicht auf die Fahrbahnmarkierung und kommt von der Fahrspur ab. Der Opel GT korrigiert autopilotmäßig. Auf den Opel, meinen einzigen wirklichen Freund, kann ich mich immer verlassen. Dank des vertrauten Brummens des Vierzylinders schlummere ich ein.

Das Abrollgeräusch auf dem Kopfsteinpflaster in der Einfahrt der Gummistiefelfabrik weckt mich. Michelle parkt den Opel auf seinem Stammparkplatz. Sie geht um den Wagen herum, öffnet die Beifahrertür und hilft mir aus dem Wagen. Fürsorglich wie eine Krankenschwester will sie meinen Ellenbogen stützen.

»Danke, Michelle«, lehne ich freundlich ab. »Du brauchst dich nicht um mich zu kümmern. Ich nehme jetzt eine kalte Dusche, köpfe zwei Flaschen Binding und bin wieder ganz der Alte.«

»Nichts da. Ich bleibe heute bei dir. Wir werden sehen, ob du schon wieder ›ganz der Alte‹ bist«, lächelt sie.

Oben im Loft ziehe ich mir ein Binding Export aus dem Kühlschrank, das ich auf dem Weg zur Dusche auf Ex kippe.

»Ich könnte uns was zu essen machen. Hast du was zum Kochen da?«, ruft Michelle mir nach.

»Rechts über dem Herd findest du alles.«

Als ich eben »alles« sagte, war das eine Übertreibung. Die Auswahl der Lebensmittel bei mir zu Hause ist ganz bewusst sehr puristisch angelegt. Als Liebhaber originär mediterraner Küche lege ich jedoch größten Wert darauf, dass zwei Klassiker in meinem Vorratsschrank niemals fehlen dürfen: Das sind Miracoli von Mars Inc. Foods und Maggi Eierravioli von Nestlé. Ich bin gespannt, ob sich Michelle an die komplexe Zubereitung der Miracoli herantraut oder ob sie es beim Erwärmen der leckeren Maggi Dosenravioli belässt.

Als ich die Tür der Duschkabine aufschiebe, dringt mir der herrliche Duft einer besonderen Tomatensoße in die Nase. Miracoli! Michelle hat sich für das schwierigere Gericht entschieden. Zwei dampfende Töpfe mit Spaghetti und Soße stehen vor mir auf dem Tisch. Schon beim Verteilen der Spaghetti auf die Teller zeigt sich, was für eine begnadete Köchin Michelle ist. Die Spaghetti sind auf den Punkt al dente zubereitet und flutschen beim portionieren tipptopp von der Nudelzange.

Aus Respekt vor der italienischen Küche streuen wir den Parmesan nicht direkt aus der Papiertüte über die wundervolle Pasta, sondern entnehmen ihn einer Müsli-Schale mit dem Eintracht-Frankfurt-Wappen. Mamma mia! Das sind wirklich die besten Miracoli, die ich je gegessen habe. »Miracolissimo«, würde da ein richtiger Italiener wahrscheinlich ausrufen.

Nach dem Essen lümmeln wir uns aufs Bett und schauen uns bei einer Tüte Crunchips auf Netflix

einen guten Film an. Meiner Meinung nach ist der erste
»Rocky« mit Silvester Stallone der beste Kinofilm, der
je gedreht wurde. Ich habe ihn schon über zehn Mal
gesehen. Für Michelle ist es heute das erste Mal.

Der Film ist zu Ende. Rocky hat sich wie immer
tapfer gegen seinen überlegenen Gegner Apollo Creed
geschlagen. Nachdem ich Michelle die schwierigen Szenen des Films erklärt habe, räumen wir die leeren Bierflaschen und die Chipstüte aus dem Bett und schalten
den Fernseher aus.

Michelle schmiegt sich an mich. Sie schiebt ihre Hand
unter mein T-Shirt und massiert sanft meine Brustmus-
keln.

»Mein armer, armer Jürgen. Hast heute so viele
Schläge einstecken müssen. Und alles nur, weil ich dich
auf den doofen Mittelaltermarkt geschleppt habe.«

»War halb so wild. Die kleine Klopperei, das war gar
nichts. So was ist für mich Alltag. Da hatte ich schon
ganz andere Gegner. Als ich zum Beispiel Heiligabend
2011 im Bahnhofsviertel Mutterseelenallein gegen acht
Albaner ...«

Michelle unterbricht mich: »Entspann dich, Jürgen!
Wo tut's denn am meisten weh?« Sie lässt ihre Hand
vom Brustkorb tiefer gleiten und streichelt über meinen Sixpack. Ich entspanne mein Bauchmuskelpaket,
damit sich ihre zarte Hand nicht an den harten Kanten
der Muskeln verletzt.

»Mehr in diese Richtung?« Michelle schiebt ihre Fin-
gerspitzen unter den Bund meiner Shorts.

»Ehrlich gesagt, noch ein kleines Stückchen weiter
unten.«

»Etwa hier ... Oh! ... Jürgen, aber ... das ist ja ...«
*Hinweis: Aus Gründen des Jugendschutzes werden
in nachfolgenden Zeilen alle Begriffe, die primäre und
sekundäre Geschlechtsorgane sowie deren Nutzungsmöglichkeiten betreffen, mit* Dinkel, Hirse, Tofu *oder*
Soja *ersetzt.*

Michelle staunt noch immer ungläubig, als sie mit
beiden Händen meinen *Dinkel* umklammert wie King
Kong die Antennenspitze des Empire State Building.
Sie verliert keine Zeit und streift ihr Eine-Welt-Kleid
ab. Ihre beiden *Hirse* strahlen mir entgegen wie reife
*Soja.* Als wir uns ineinander verschlingen, berührt mein
Oberschenkel aus Versehen ihre *Tofu.* Jetzt ist es an mir
zu staunen. So leidenschaftlich hätte ich Michelle nicht
eingeschätzt. Als sie umstandslos meinen *Dinkel* Richtung *Hirse* lenkt, verstehe ich endlich, mit wem ich es
zu tun habe. Ich gebe meinem Affen Zucker. Von allen
guten Geistern verlassen, presst ihre *Tofu* den *Dinkel*
zu *Hirse.* Nach fünfzehn Minuten fackeln wir unkon-
trolliert und zeitgleich in einem gewaltigen *Soja* ab.

Michelle ist eingeschlafen. Ruhig hebt und senkt sich
ihre Brust. Auf ihrer Wange klebt immer noch ein Rest
Miracoli-Tomatensoße. Eine Locke, die ihre reizende
Sommersprossennase kitzelt, wischt sie im Schlaf mit
der Hand weg. Sie träumt und lächelt dabei. Ihr Gesicht
wirkt weit weniger forsch als im Wachen. Die schla-
fende Michelle sieht aus wie ein kleines Mädchen, das
man beschützen muss. Zum ersten Mal im Leben bin ich
mir fast sicher: Diese Frau könnte ich vielleicht lieben.

Stunden später steht die Morgensonne hoch am Julihimmel. Ich taste nach dem Platz neben mir im Bett.

Er ist leer. Michelle ist gegangen. Ohne sich zu verabschieden. Okay – akzeptiert. Dann habe ich die Situation wohl falsch eingeschätzt. Kein Problem. Aber, duftet es hier nicht nach frischem Kaffee? Strahlend kehrt Michelle mit zwei frisch aufgebrühten Bechern Maxwell-Instant-Kaffee zurück ins Bett. Wir öffnen das Loftfenster, lassen die Morgensonne herein und machen es uns mit dem Kaffee gemütlich.

»Erzähl mir was über dich, Michelle. Ich weiß noch so gut wie nichts von dir. Ich kenne deinen Namen, ich weiß, dass du Hollandrad fährst. Und hervorragend kochen kannst.«

»Wo ich wohne, weißt du ja schon. Ich arbeite als Heilpraktikerin in einem Therapie-Zentrum in Niederrad. Ich bin spezialisiert auf Patienten mit psychischen Problemen. Wir behandeln zum Beispiel Patienten mit schizophrenen Störungen.«

»Das sind Leute, die in ihrem Kopf gleich mehrfach vorhanden sind, oder?«

»So ähnlich.«

»Wie bei Jo. Der ist gleichzeitig Frankfurter Alt-Student und Salzburger Schamane.«

»Kann sein«, antwortet sie zurückhaltend.

»Ist er bei dir in Behandlung?«

»Nein. Also, nicht direkt bei mir. Jo war in unserem Institut in Behandlung.«

»Also ist er euer Patient. Habt ihr ihn geheilt? Scheint mir nämlich nicht so.«

»Das ist auch nicht unser therapeutischer Ansatz. Es geht nicht in erster Linie um Heilung. Wie meinetwegen bei einem Grippeinfekt. Wir begleiten die Patienten auf ihrem Weg. Wir helfen ihnen, ihre besonderen Persönlichkeitsstrukturen zu entdecken und damit ihren Leidensdruck zu mindern. Das kann auch heißen, dass ein Patient in einer dissoziierten Form verbleibt und einfach nur lernt, sein Leben besser zu bewältigen.«

»Aha. Unser Weizenbier-Jo hat dann gelernt, zu seinem persönlichen Ausgleich mit Sellerieknollen zu werfen. Oder Schläger in Ritterrüstungen loszuschicken. Meiner Meinung nach sollte man Typen wie ihn nicht zurück in die Öffentlichkeit lassen.«

»Man kann nicht jeden, der sich merkwürdig benimmt, in eine geschlossene Anstalt einweisen. Das passiert nur, wenn jemand andere Personen oder sich selbst gefährdet. Eigengefährdung, also Selbstmordgefahr, ist übrigens ein viel häufigerer Einweisungsgrund als Fremdgefährdung.«

»Schon gut. Das meinte ich auch nicht. Meine Begegnungen mit Jo und seinem Freundeskreis waren bisher eben wenig erfreulich. Wieso haben wir die ganzen Typen ausgerechnet auf dem Mittelaltermarkt getroffen?«

»Daran bin ich nicht ganz unschuldig.«

»Soll das heißen, du hast mich absichtlich auf diesen Ritterkampfplatz geführt?«

»Nein. Das auf keinem Fall. Ich dachte, man könnte auf dem Markt auf Hinweise zu dem Rezept stoßen. Vielleicht hättest du dort auf das Rezept treffen sollen.«

»Klar. Das wäre dann ungefähr so abgelaufen: Servus Jürgen, ich bin das Rezept für fünfzig Jahre Unsterblichkeit. Du bist ja bekanntermaßen der Hauptgewinner und darfst noch zwei weitere Freunde zum Essen mitbringen. Wie wär's zum Beispiel mit Michelle?«

»Du hast wirklich keine Ahnung, Jürgen McBride. Du denkst nur an Geld.«

Als die Unterhaltung beginnt interessant zu werden, kracht mein Mobiltelefon mit dem Klingelton »You ain't nothing but a hound dog« von Elvis Presley dazwischen. Ich nehme den Anruf mit einer unterdrückten Telefonnummer an. Michelle steht neben mir.

»Spreche ich da mit dem Auserwählten?«, meldet sich eine höhnische Stimme.

»Hier ist McBride. Was gibt's?«

»Einen wunderschönen guten Tag, Mister McBride. Nach meinen Informationen möchten Sie gerne wissen, wo sich das Rezept befindet, nicht wahr? Ich möchte Ihnen ein Geschäft vorschlagen. Wir treffen uns um halb zwölf auf dem Parkplatz vor der Eissporthalle. Seien Sie pünktlich. Geduld ist nicht gerade meine Stärke«, lacht der Anrufer heiser und legt auf.

Vom Gutleutviertel im Frankfurter Westen bis zur Eissporthalle am Ostpark benötigt man mittags durch den Innenstadtverkehr mindestens fünfzehn Minuten. Der Anrufer scheint meine Fahrtzeit kalkuliert zu haben. Jetzt ist es viertel nach elf.

»Ich muss los, Michelle. Geld verdienen.« Ich jumpe in meine Levis 501, schnappe mir den Autoschlüssel und fliege die Treppe der Gummistiefelfabrik hinunter.

»Jürgen«, ruft mir Michelle im Treppenhaus hinterher. »Du hast mich nicht richtig verstanden. Es geht dabei auch um uns.«

»Bis später, Michelle. Wird nicht lange dauern.«

»Ich warte hier auf dich.«

»Prima, mach das«, sage ich und starte mit dem Opel zur Eissporthalle.

Der weitläufige Parkplatz vor der Frankfurter Eissporthalle ist im Sommer menschenleer. Nur wenige Spaziergänger, die ihre Hunde ausführen, und ein paar Fahrradfahrer, die eine Abkürzung über den Parkplatz nehmen, nutzen die Fläche. Es ist kurz nach halb zwölf. Weit und breit ist niemand zu sehen. Ich parke direkt vor dem Treppenaufgang zur Eissporthalle. Mein Opel ist das einzige Auto im Umkreis von hundert Metern und für jeden gut sichtbar.

Um viertel vor zwölf klingelt mein Mobile. Ich erwarte den Unbekannten, der mich hierher bestellt hat. Aber Michelles Nummer erscheint auf dem Display. Als ich annehme, höre ich Michelle flüstern: »Jürgen.« Dann ertönt ein Knacken, ein hässliches Geräusch, wie wenn man einen Zweig von einem Baum abreißt. Darauf folgt das Besetztzeichen. Der Anruf wurde unterbrochen.

Als der Opel sieht, wie ich auf ihn zu renne, startet er seinen Motor. Wir rasen durch die Innenstadt zurück ins Gutleutviertel. Der Opel nimmt mehrere Ampeln bei Rot und einigen Autofahrern die Vorfahrt. Auf der Hanauer Landstraße erwischt uns ein Blitzer. Auf der Berliner Straße geraten wir in einen Stau und erreichen erst nach über einer halben Stunde Fahrt die Gummistiefelfabrik.

Als wir in den Fabrikhof einbiegen, blinken mir die Blaulichter eines Krankenwagens und zweier Polizeifahrzeuge entgegen.

Vor dem Gebäude, in dessen dritten Stock mein Loft liegt, kauern zwei Sanitäter auf dem Pflaster und packen ihre Instrumente zusammen. Kommissar Odecker tritt auf mich zu.

»McBride, komm mal bitte mit.« Er führt mich zu einer Plane, die auf dem Hofpflaster liegt. Er hebt sie an. Darunter liegt eine tote Frau.

Es ist Michelle.

»Kennst du die Frau?«

»Michelle.«

»Michelle. Und weiter?«

»Michelle Mutzenbacher. Sie ist eine ... sie ist meine Freundin.«

»Frau Mutzenbacher ist aus dem Fenster gestürzt. Aus deinem Loft. Vorläufige Todesursache ist Genickbruch. Ihr wurden weitere Verletzungen beigebracht, die offensichtlich nicht von dem Sturz stammen. Hämatome an den Handgelenken. Was genau ihren Tod verursacht hat, ist noch unklar. Es sieht so aus, als ob sie aus dem Fenster geworfen wurde. Wir überprüfen das gerade.«

»Oh nein!«

»Wir haben eine Zeugenaussage, dass es heute Vormittag in deiner Wohnung mit einer Frau zu einem Streit gekommen ist, nach dessen Ende du das Gebäude verlassen hast. Was ist passiert, McBride?«

Ich blicke in den Kreis Neugieriger, die sich um den Tatort gescharrt haben, und bemerke die Augenpaare der Hausmeistertruppe Hegemann. »Ich musste zu einer dringenden Verabredung nach Riederwald. Meine Eile hatte nichts mit unserem Streit zu tun. Überhaupt:

Streit ist übertrieben. Wir waren nicht einer Meinung und haben am offenem Fenster laut geredet.«

»Wie heißt deine Verabredung am Riederwald? Kann jemand das Treffen bezeugen?«

»Dazu kann ich wenig sagen. Ich habe einen anonymen Anruf erhalten. Jemand versprach mir Informationen zu einem Fall, in dem ich ermittle. Er wollte sich mit mir an der Eissporthalle treffen. Die Person ist zu dem Treffen nicht erschienen.«

»Du weißt schon, dass du wieder mal ziemlich in der Patsche steckst, Jürgen? Worum handelte es sich bei dem Treffen?«

»Es ging um dieses verdammte Rezept.«

»Dieses Geheimrezept für ewige Jugend und so weiter?«

»Genau das, Odecker.«

»Wir haben bei unserer Ermittlungen im Mordfall Dr. Lärche von diesem Rezept gehört. Was hast du damit zu tun, McBride? Ich erwarte eine vernünftige Antwort, wenn ich dich nicht sofort wieder einkassieren soll.«

»Die Leute, die hinter dem Rezept her sind, glauben, dass es ihnen fünfzig Jahre Gesundheit garantiert. Das könnten auch Leute sein, die bereit sind zu morden, Geistesgestörte, was weiß ich. Das Rezept soll sich hier in Frankfurt befinden. Ich bin beauftragt, es zu finden und meinem Mandanten bis zum siebzehnten Juli abzuliefern. Mit den Morden habe ich nichts zu tun.«

»Okay, McBride. Die beiden Hausmeisterinnen haben die Tote im Hof aufgefunden. Sie berichten von einem groß gewachsenen älteren Mann, der an deiner Wohnungstür geklingelt hat und eingelassen wurde.

Gleich nachdem du weggefahren bist. Der Mann fährt einen roten Alfa Romeo. Hast du eine Idee, wer das sein könnte?«

»Nein, keine Ahnung. Ein Alfa Romeo sagst du?«

»Ein roter Alfa Romeo. Die übliche Farbe für einen Alfa. Übrigens: Dein Appartement ist durchwühlt worden. Die Spurensicherung ist noch oben. Wir haben Frau Mutzenbachers Handy gefunden. Um elf Uhr vierundvierzig hat sie dich angerufen. Du hast den Anruf angenommen, er wurde aber von ihrer Seite wieder unterbrochen. Wir werden feststellen, von wo du den Anruf angenommen hast.« Hauptkommissar Erik Odecker wird zu seinen Kollegen gerufen und beendet grußlos unser Gespräch.

»Tschüss, Erich.«

Erik Odecker dreht zu mir um und schüttelt mit dem Kopf. »Nicht mal jetzt, wo deine Freundin tot auf dem Pflaster liegt, kannst du den blöden Witz mit meinem Vornamen lassen. Du kannst einem wirklich leidtun, Jürgen.«

Erik hat recht. Ich fühle mich hundeelend. Der Opel chauffiert mich schnurstracks zur Trinkhalle im Gutleutviertel. Durch die Windschutzscheibe blicke ich in eine leere Welt. Ein einziger Satz beherrscht mein ganzes Denken und Fühlen: Michelle ist tot. An der Trinkhalle hole ich mir eine Flasche Binding Export und setze mich in einen Strandkorb am Mainufer. Das Bier schmeckt nicht, die Camel schmeckt nicht. Nachdem ich zwei Stunden auf den Fluss geschaut habe, ohne ihn zu sehen, fahren wir zurück nach Hause. Genauso sprachlos wie wir hergefahren sind.

Die Spurensicherung ist fertig und ich bin wieder allein in meinem Loft. Mehr allein geht nicht. In der Küche steht noch die Schale mit dem Rest Parmesankäse vom Abendessen, das Michelle gestern gekocht hat. Die Möbel sind umgeworfen, die Schubladen herausgezogen, Papiere liegen nach der Suche nach dem Rezept auf dem Boden verstreut. Dieses verdammte Rezept! Wenn es tatsächlich einmal in meine Hände gelangen sollte, werde ich es verbrennen.

Ein unangenehmer Geruch, ähnlich wie Knoblauch oder Trüffel, hängt in der Luft des Appartements. Der Geruch kommt mir bekannt vor. Das ist Tanniswurzel!

Wer immer Michelle aus dem Fenster geworfen hat, wird sich nicht damit zufrieden geben, meine Wohnung durchsucht zu haben und mit leeren Händen abgezogen zu sein. Der Killer klebt noch an meinen Fersen.

Ab jetzt werde ich ihn erwarten.

# RRRRROTER ALFA ROMEO

*Donnerstag, sechzehnter Juli, Offenbach, Hafengelände*

Es ist kurz nach zweiundzwanzig Uhr als Beat Strohgluth die Teilnehmer seines Volkshochschulkurses verabschiedet, in seinen Volvo-Kombi steigt und vom
Parkplatz des Liselotte-Donner-Haus losdieselt. Der
Opel GT und ich haben auf den Kursleiter in einer
unbeleuchteten Ecke des Gebäudes neben einer Rasenfläche gewartet. Ich schnippe die angerauchte Camel
aus dem Wagenfenster und starte den Motor. Als ich
losfahren will, höre ich eine Stimme. Es klingt, als ob
mich jemand persönlich anspricht. Aus dem Autoradio
kann sie nicht kommen, das ist ausgeschaltet. Deutlich vernehme ich mehrere piepsige Stimmen. Von der
im Abendtau feucht glänzenden Wiese schimpft es zu
mir herüber.

»Hey, hast du keinen Aschenbecher?«

»Auf dem Opernplatz kostet das dreißig Euro
Strafe.«

»Das ist noch viel zu wenig!«

»Hier draußen kümmert das ja niemand!«

»Guckt mal, das ist doch der durchgeknallte Typ von letzter Woche.«

»Dieser Jürgen.«

Gelächter.

Ich lehne mich aus dem Türfenster und schaue mich um. Ich kann niemanden entdecken. Außer ein paar Grashalmen, die im Wind schaukeln, gibt es nichts zu sehen.

»Ja, Jürgen, du liegst schon ganz richtig. Wir sind's, die Grashalme. Wir reden mit dir, du Penner.«

Das darf nicht wahr sein. Die Wiese spricht mit mir. Vielleicht sollte ich ein oder zwei Abende auf meinen Sixpack Binding verzichten. Das ist nichts weiter als ein grässlicher Wachtraum. Bloß weg von hier.

Ich lege den Rückwärtsgang ein und mache mich zügig vom Acker.

»Nächstes Mal bisschen achtsamer, gell, Jürgen«, ruft es mir hinterher.

»Gell, Jürgen«, haben die Grashalme gerufen. Immerhin, das ist ein vertrauter, hessischer Dialekt. Bei der Wiese scheint es sich um eine Rasenmischung aus der Region zu handeln. Das ist beruhigend.

Eigentlich sind diese Grashalme ja drollige kleine Kerle. Viel ausrichten können sie mit ihrem Geschimpfe ja nicht. Was sie wohl dem Gärtner erzählen, wenn der mit dem Rasenmäher ihre Köpfe rasiert?

Nach einem Blitzstart habe ich die Rücklichter des Volvos des Ernährungs-Coachs schnell wieder vor mir. Der Opel und ich bleiben dicht an ihm dran. Er fährt in südlicher Richtung in die Innenstadt. Damit Beat Strohgluth uns nicht bemerkt, lassen wir uns, wo immer

möglich ein, zwei Fahrzeuge hinter den Volvo zurück-
fallen. Aber ich habe das Gefühl, dass Strohgluth längst
gecheckt hat, dass er verfolgt wird. Beat bremst seinen
Wagen auf der vierspurigen Friedberger Landstraße auf
zwanzig Stundenkilometer herunter und wartet, ob wir
ihn überholen. Im Schneckentempo kriechen wir hinterher, woraufhin Strohgluth seine Fahrt im normalen
Tempo fortsetzt. Vermutlich ist er auf dem Weg zu seiner Altbauwohnung in Sachsenhausen. Seine Wohnadresse ist mir selbstverständlich bekannt. Ehrlich gesagt,
weiß ich noch gar nicht recht, was bei dieser Observa-
tion herauskommen soll. Ich will einfach wissen, was
der Mann heute Nacht, in der Nacht nach dem Mord
an Michelle, unternimmt. Der Mann, der nach Tanniswurzel riecht.

Hinter der Mainbrücke biegt der Volvo links ab Richtung Osten, anstatt weiter geradeaus nach Sachsenhausen zu fahren. Nach fünf Kilometern überqueren wir
die Stadtgrenze und fahren Richtung Hafenviertel in
die rabenschwarze Offenbacher Nacht. Der Volvo
hält vor zwei schäbigen ehemaligen Industriegebäu-
den. Die Neonbeleuchtung auf dem Dach des Sauna-
klubs »Fleur du Mal« taucht die Umgebung in ein unge-
sundes rotes Licht. Die Leuchtreklame überstrahlt die
schummrige Baumarktfunzel, mit dem der Schriftzug an
dem benachbarten Gebäude beleuchtet wird. »OFFC –
Offenbacher Fight Club« steht über dem Eingang. Beat
Strohgluth parkt sein Auto auf der gegenüberliegenden Straßenseite und schaut zu uns herüber. Er schlen-
dert über die Straße und betritt den Fight Club durch
die Eingangstür. Ich steige aus und folge seiner unaus-

gesprochenen Einladung. Der Opel blickt besorgt aus seinen Schlafaugenscheinwerfern.

»Keine Angst, so schlimm wie mit dir und der Litfaßsäule letzte Woche wird es hier nicht werden«, rede ich meinem besten Freund gut zu.

Der Opel scheint nicht überzeugt. Für alle Fälle lassen wir den Zündschlüssel stecken. Dann überquere ich das rot schimmernde Kopfsteinpflaster und betrete das Gebäude. Die Metalltür im Eingang zum OFFC knallt hinter mir zu und schiebt mich hinauf in einen schmutzigen Treppenaufgang. Von den schief aufgeklebten Postern starren mich Männer mit kurzen Hälsen und breiten Schultern an und präsentieren grimmig ihre Wettkampfgürtel. Oben im dritten Stock öffne ich eine Tür, durch die Lärm und Schreie dringen. Ich trete ein in die Halle, in der zwanzig schwitzende Muskelpakete auf Sparringspartner oder Boxbirnen einschlagen. Ein jugendlicher Sportsmann, der auf einen Sandsack drischt, als wolle er sich die Knorpel aus den Gelenken hauen, unterbricht sein Work-out und starrt zu mir herüber. Mit lässig vor- und zurückschaukelnden Schultern schiebt er sich heran und baut sich wortlos vor mir auf.

»Guten Abend, mein Junge«, grüße ich den Sportsmann.

»Was willst du hier, du Schwuchtel? Geh, wo dein Haus wohnt!«

»Könnte ich bitte einen der Erwachsenen sprechen? Ist vielleicht deine Mutti zu Hause?«

Der Kerl braucht eine Sekunde, bis er die Frage verarbeitet hat. Dann tankt er auf mich los. Ohne gleich zuzuschlagen, aber mit der sichtbaren Intention, sein

Training bei einer praktischen Übung fortzusetzen. Vorher macht der Sportsfreund sich sprachlich warm: »Isch fick deine Mutter auf dem Grab, du Hurensohn!«

Damit wäre die Eskalationsskala Stufe eins einer üblichen Auseinandersetzung in Offenbach erreicht. Stufe eins beschränkt sich auf eine mündliche Aggression. Die lautet korrekterweise: »Isch fick deine Mutter!«, oder eine ähnliche, sexuell abwertende Beleidigung mit vorzugsweise familiärem Bezug. Das Attribut »auf deinem Grab« ist ein origineller Zusatz, der sich neuerdings etabliert hat. Man muss zugeben, dass dieses Attribut die Situation durchaus anschaulicher darstellt.

Stufe zwei ist schubsen (diese Stufe kann auch entfallen, zum Beispiel aus Gründen der Ehre).

Stufe drei: mit der Faust ins Gesicht schlagen.

Stufe vier: den am Boden Liegenden gegen den Kopf treten.

Stufe fünf: Der Arzt stellt beim Bewusstlosen einen Schädelbruch fest.

Stufe sechs: Die Polizei nimmt als Grund für die Auseinandersetzung zu Protokoll, dass die Mutter eines Beteiligten beleidigt wurde.

Stufe sieben: Der Getretene bleibt körperlich behindert.

Stufe acht: Der Beteiligte, der dem Opfer gegen den Kopf getreten hat, wird im Alter fett, schlägt seine Frau und muss weinen, wenn er Alkohol trinkt.

Stufe neun entfällt. Denn diese traurige Geschichte, die sich in ähnlicher Weise mehrmals im Jahr auf den Straßen des Rhein-Main-Gebietes ereignet, hat kein sinnvolles Ende.

»Maximilian, stopp!«

Beat Strohgluth schiebt sich dazwischen. »Dreißig Liegestütze, Maximilian. Ich will eine Entschuldigung vor unserem Gast hören.«

»Jawohl, Herr Strohgluth. Entschuldigen Sie bitte, Herr Gast.«

»Schon gut, mein Junge. Schönen Gruß an deine Mutti«, sage ich und akzeptiere die Entschuldigung des Knaben, dessen jugendlicher Hass sichtbar und heiß durch seine Unterarmadern pumpt.

Maximilian trollt sich mit zusammengepressten Lippen und drückt sich dreißig Mal vom Boden hoch. Ohne Anstrengung, als bestünde sein Körper aus Carbonfasern.

»Sorry, meine Studenten sind manchmal etwas übermotiviert.« Beat Strohgluth schaut zur Decke, lächelt wie ein Schulbub und präsentiert mit einer Geste der Hilflosigkeit seine Handinnenflächen. »Junge Leute eben. Also, wie kann ich dir helfen?« In den Augenwinkeln seines sonnengegerbten Gesichts zeigen sich sympathische Lachfältchen. Die Haare hat er heute nicht zum Zopf gebunden wie letzte Woche in dem Esoterikkochkurs in der Volkshochschule. Offen fallen sie ihm in grauen Strähnen auf die Schultern. Auf den ersten Blick wirkt er in seinem Leinenanzug wie ein hipper Fernsehphilosoph und nicht wie der Chef eines Fight-Clubs in Offenbach. Aber wenn man genauer hinschaut, zeigen seine harten Nackenmuskeln, die sehnigen Hände und seine Körperhaltung den austrainierten Martial-Arts-Kämpfer. Er wartet nicht auf meine Antwort und sagt: »Aber … Moment mal … Wir kennen uns doch ... Aus meinem Kurs für spirituelles Kochen in der Volkshochschule, richtig? Du bist doch der Jochen.«

»Jürgen.«

»Jürgen, genau. Das ist ja eine Überraschung. Tut mir leid, dass ich dich nicht gleich erkannt habe.«

Beat Strohgluth lügt wie gedruckt. Ohne eine Miene zu verziehen, höre ich mir an, wie der Blender weiter die Wirklichkeit zu seinem Vorteil verbiegen wird.

»Entschuldige bitte mein schlechtes Namensgedächtnis. Das ist so eine kleine Schwäche von mir. Namen sind Schall und Rauch, so sagt ein altes Sprichwort. Aber ich muss zugeben, meine Vergesslichkeit ist auch durchaus ein Stück weit gewollt. Sie ist Teil eines speziellen Trainings, mit dem ich meine Empathiefähigkeit optimiere. Ich bemühe mich seit Jahren, jeden, aber auch wirklich jeden Menschen, sei er weiblich, männlich oder was auch immer, vollkommen gleich zu behandeln. Ich bin der Ansicht, wenn man einem Mitgeschöpf als spirituellem Wesen begegnen will, darf man nicht als Erstes seinen äußeren Schein wahrnehmen. Die Schönheit jedes Mitmenschen wohnt im Inneren, im Unsichtbaren. Deswegen vergesse ich absichtlich, wie jemand aussieht. Das hat dazu geführt, dass ich kaum jemanden wiedererkenne. Für mich zählt nur noch die direkte Begegnung in der Gegenwart, im Hier und Jetzt. Auf diese Art darf ich jedes Geschöpf, das mit mir einen Augenblick im Kosmos teilt, immer wieder aufs Neue kennenlernen. Vorurteilsfrei. Das ist ein großartiges Geschenk. ›Was war, ist gewesen, was kommt, möge kommen‹, wie schon die alten Kelten sagten. Denn nur der entpersonalisierte Geist, der Alles-und-Nichts-Geist, ist die Grundlage zur ethischen Reinheit – und damit zur vollkommenen Körperbeherrschung. Das ist unsere Überzeugung. Das ist auch die Basis der Kampfsport-philosophie, die wir hier im OFFC vermitteln. Aber entschuldige bitte, Jürgen, ich habe mich gerade etwas ereifert. Das ist so meine Art, wenn es um Themen geht, die mir am Herzen liegen. Ganz ernsthaft, du, Jürgen, bist mir in unserem spirituellen Kochkurs als Person ganz, ganz stark im ... äh ... ich meine ... also deine außergewöhnliche Empathie für unsere Mitgeschöpfe, die Pflanzen, hat starke Nachschwingungen im Seminar erzeugt. Auch bei mir. Ich will ein Stück weiter gehen: Ich hatte das Gefühl, du warst von allen Kursteilneh-mern der Einzige, der mit dem Blumenkohl wirklich Kontakt aufnehmen konnte. Du konntest seine Stimme hören. Stimmt das, Jürgen?«

»Das kann hinkommen.«

»Wahnsinn! Ich hatte dieses Erlebnis des floralen Verstehens selbst einmal.« Der Gemüseflüsterer senkt den Kopf, das lange Haar fällt über sein Gesicht. Er schweigt drei Atemzüge lang. Dann wirft er mit einem Ruck den Kopf in den Nacken, streicht mit beiden Hän-den die Haare nach hinten und reißt seine Augen auf.

»Das war das Erlebnis, das mein Leben verändert hat«, schreit er fast.

Einige Sportler unterbrechen ihr Training und schauen zu uns rüber.

»Zu erleben, dass jede Pflanze, jedes Lebewesen, alles, was existiert, jeder Stein auf Erden, jeder Stern am Himmel genau das gleiche ist wie der Mensch, der sie anschaut, wie man selbst – Energie aus derselben Quelle, Staub aus dem ewigen Nichts –, das hat von einem auf den anderen Tag mein Leben auf den Kopf gestellt. Ich habe meinen Vorstandsjob in einem Schweizer Lebensmittelkonzern aufgegeben. Ich habe mein Nest verlassen. Ich habe mich von meiner Familie getrennt«, fährt Beat in ruhigerem Ton fort. »Hier in Deutschland habe ich noch mal ganz neu angefangen. Ich bin dankbar, dass ich vom ersten Augenblick in dieser erstaunlich formbaren Nation auf dieses Verständnis, diese Begeisterung für meine Ideen gestoßen bin. Ihr Deutschen lasst euch so wunderbar führen. Wie elternlose Kinder lasst ihr euch an die Hand nehmen. Aber bitte, sorry, das soll jetzt nicht Thema sein. Erzähl doch mal, was genau ist zwischen euch, dem Blumenkohl und dir, passiert?«

»Was willst du wissen?«

»Die Einzelheiten, wie ihr kommuniziert habt. Über was habt ihr geredet? Wie empfindet ein Blumenkohl? Was denkt der Blumenkohl, wie lange werden wir mit Mutter Erde noch so weitermachen können? Wie lange werden unsere Energiereserven noch reichen? Was hält der Blumenkohl vom Grundeinkommen?«

»Zuerst einmal war es eine *sie*. Kein er. Um das klarzustellen.«

»Ich wusste es! Eine sie. Großartig. Also jetzt auch beim Blumenkohl. Das feminine, das florale Element wird letztendlich obsiegen. Wir steuern auf ein grandioses Zeitalter des Friedens zu, Jürgen, glaub mir. Die Zeichen werden mehr und mehr sichtbar. Aber erzähl weiter. Wie hat sie dich angesprochen?«

»Sie hat ganz normal ›Guten Abend, Jürgen‹ gesagt.«

»Herrlich! Wie schlicht! Wie aufrichtig! Und dann?«

»Ich habe sie gefragt, wie sie heißt.«

»Welchen Namen nannte sie dir?«

»Claudia.«

»Claudia. Großartig. Was weiter?«

»Sie spracht mit einem Pfälzer Dialekt. Ich tippe mal auf die Gegend um Mannheim.«

»Weiter.«

»Das war's dann auch so ziemlich. Als ich sie danach fragte, ob sie Mannheim stamme, hat sie mir nicht mehr geantwortet.«

»Wie ging es zwischen euch weiter? Das kann doch nicht alles gewesen sein, Jürgen.«

»Das dachte ich auch. Ich hatte das Gefühl, Claudia war irgendwie gekränkt. Jedenfalls kam kein Ton mehr von ihr.«

»Verstehe. Hat Claudia, unsere Schwester Pflanze, danach noch irgendeine Reaktion gezeigt? Angeblich hat noch eine weitere Kursteilnehmerin mit ihr gesprochen. Konntest du Claudias Stimme weiterhin hören? Konntest du etwas verstehen von dem Gespräch? Rosemarie heißt die Kursteilnehmerin, glaube ich. Eine ältere Frau mit Kurzhaarschnitt in einem bodenlangen Batikkleid. Was weißt du darüber?«

»Das sind Fake News. Claudia hat nichts mehr gesagt. Die war grundsauer.«

Beat Strohgluth starrt mich an. »Dann warst du der Einzige, mit dem die Pflanze gesprochen hat. Dann teilen wir beide jetzt eine mystische Erfahrung. Aber so ein Erlebnis macht ja auch etwas mit einem. Wie hat sich dein Inneres nach dem Gespräch mit der Pflanze verändert? Was fühlst du gerade, Jürgen?«

Ich fühle, wie mir langsam der Kamm schwillt. Aus irgendeinem Grund muss ich an Harry Potter und seine sinnlosen mystischen Abenteuer denken. Das Geschwafel mit dem mörderischen Schweizer Magier Beat wird mir zu dumm. Ich beschließe die Tonart zu wechseln. »Als Detektiv nimmt man die Dinge, wie sie kommen. Egal wie beknackt sie sind. Wenn ich dafür bezahlt werde, spreche ich auch mit Gemüse.«

»Aaaah – okay. Ich verstehe, Jürgen. Aber du kannst dir sicher sein: Eine Wahrnehmungsfähigkeit wie deine setzt eine subtile Empfindsamkeit voraus. Das ist eine ganz besondere Gabe. Für mich ist es ein Geschenk mit einem solchen Menschen wie mit dir, lieber Jürgen, zusammenzutreffen. Hier, in unserem irdischen Dasein. Ich hatte ja gehofft, dich diese Woche auch bei meiner nächsten Unterrichtseinheit im Liselotte-Donner-Haus zu sehen. Letztes Mal warst du doch mit einer Freundin da, wie heißt sie noch gleich?«

»Du meinst, die Frau, die ihr aus dem Fenster geworfen habt? Sie heißt Michelle.«

»Was meinst du damit? Ist ihr etwas zugestoßen? Oh, entschuldige bitte, ich werde gerade angefunkt, sorry, da muss ich drangehen.«

Der Fight-Club-Übungsleiter entfernt sich einige Meter mit seinem Mobile. Er legt auf, spricht ein paar Sätze mit einem der Kampfsportler und kommt zu mir zurück.

»Das ist ja eine furchtbare Nachricht, die du mir da gerade erzählt hast. Wie geht es ihr? Aber was meinst du mit ›die ihr aus dem Fenster geworfen habt‹? Was soll das heißen, Jürgen? Ich hoffe nicht, dass du glaubst, dass ich damit etwas zu tun habe. Es tut weh, so eine Unterstellung zu hören. Gerade von dir. Denn du und ich, wir beide sind über eine besondere Gabe verbunden. Ob dir das nun bewusst ist oder nicht. Lass uns aufrichtig miteinander sein, Jürgen. Ich weiß, dass du Privatdetektiv bist und für einen Klienten das Rezept finden sollst. Für einen reichen Bonzen, der es nicht verdient, vielleicht nicht mal braucht. Du trägst die Verantwortung dafür, wenn das Rezept in die Hände eines Unwürdigen gerät. Aber du bist zu ignorant zu begreifen, worum es hier eigentlich geht. Sonst hättest du verstanden, dass die wertvollsten Hinweise von den Pflanzen, die das Rezept ausmachen, aus den Pflanzen selbst kommen. Du bist einer der wenigen, der ihre Sprache verstehen kann. Und was fängst du mit deiner Gabe an? Du machst dich über einen Blumenkohl lustig, weil sie einen Pfälzer Dialekt hat. Wusstest du übrigens, dass Michelle ebenfalls das aurem ad seminandum, das Ohr für Pflanzen hatte? Wie auch immer, dir ist anscheinend nicht zu helfen. Ich muss dich jetzt verlassen. Ein dringender Termin wartet, entschuldige. Aber schau dich ruhig hier weiter um. Ich habe die Klubmitglieder angewiesen, dir bei allen Fragen zur Seite zu stehen. Bevor wir uns jetzt trennen müssen: Ich möchte dir noch eine keltische Weisheit mit auf den Weg geben: Halte dir nicht die Hand vor die Augen, wenn die Sonne der Wahrheit durch die Wolken bricht.«

»Ist das ein Spruch von eurem Meister Baldur?«

»Richtig geraten.«

»Wir sind noch nicht fertig miteinander, Beat.«

»Doch«, grinst Beat und stößt mich mit voller Wucht vor die Brust, dass ich fünf Meter rückwärts taumele und auf dem Hintern lande. Dann schlägt er die Ausgangstür hinter sich zu.

Als ich ihm hinterherstürzen will, steht der Jugendliche, der vor zehn Minuten eine Rüge für seine unhöfliche Begrüßung erhalten hat, vor der Stahltür. Er sieht nicht so aus, als hätte sich sein Benehmen gebessert.

»So, Alda, jetzt entschuldigst du dich erst mal bei *mir*«, droht Maximilian.

»Wofür denn, mein Junge? Hör auf mit dem Quatsch und geh zur Seite. Du machst deiner Mutti nur Kummer, wenn du hier den Gangster mimst.«

Seine linke Gerade schießt ansatzlos nach vorn. Ich pendele den Schlag mit Lichtgeschwindigkeit aus. Der Punch des jugendlichen Sportsmanns verpufft in der achselschweißgetränkten Offenbacher Luft. Maximilian stolpert in seinen ins Leere laufenden Angriffsschwung und landet vor den Füßen eines Kerls mit Schuhgröße dreiundfünfzig. Der Riesenkerl greift Maximilian mit einer Hand im Nacken, hebt ihn hoch wie einen Steiff-Teddy und stellt ihn auf die Beine. Mit seiner anderen Pranke hält er die Tür zu.

»Lass gut sein, mein Junge. Mach Feierabend. Ihr anderen auch. Schluss für heute. Umziehen. Ich betreue unseren Gast«, wendet sich der Schrank an die Kampfsportler. Mich hat er bisher nicht beachtet. Jetzt dreht er sich um. Ach du liebe Zeit! Vor mir steht der Bodyguard von Cornetto Caretta, dem Verlobten der manischen Sophia. Das Riesenmonster von Leibwächter mustert mich. Sein Blick ist beinahe traurig. Als ob er die Sinnlosigkeit der langen Jahre des Mordens leid wäre. Seine Erscheinung, sein hängendes, olivgraues Gesicht ist ein Abbild des Auftragskillers Luca Brasi aus dem Mafiaepos »Der Pate«, das man in die Offenbacher Gegenwart hineinkopiert hat.

»Ihr habt's gehört, Leute. Jeder, der nicht ein Verfahren wegen unterlassener Hilfeleistung am Hals haben möchte, verschwindet jetzt«, kläfft Cornetto Caretta durch den Raum. »Raus mit euch! Alle, sofort«, überschlägt sich seine Stimme.

»Tja, danke schön für den interessanten Abend«, versuche ich mich der Trainingsgruppe anzuschließen und mit den Sportsfreunden Richtung Umkleidekabine zu entschlüpfen. Vergeblich. Luca Brasi packt mich am Schlafittchen und zieht mich direkt vor seinen Brustkasten, der die Größe einer Miele-Waschmaschine hat. Mit der anderen streicht er mir übers Haar wie bei einem missgebildetem Welpen, dem er gleich in einer Regentonne das Tauchen beibringen wird. Von unten blicke ich in seine triefenden Augen, in denen ich, sosehr ich danach suche, nicht das kleinste Anzeichen von Mitgefühl finden kann.

»Denk noch mal an was Schönes. Bevor du fliegen lernst wie deine Freundin, die kleine *Tofu* ...« Weiter kommt er nicht. Sein langes Leichengesicht wird noch länger, als er stumm vor mir zusammensinkt. Die trüben Augen sind weit aufgerissen, mit einem pfeifenden Geräusch stößt er seinen fauligen Atem aus.

Mein Knie schmerzt höllisch. Hat der Mann Eier aus Stahl? Als seine Visage genau in der richtigen Höhe für einen Aufwärtshaken an mir vorüberzieht, dresche ich ihm das Ding unter die Nase. Bei diesem Schlag stimmt alles. Abstand, Schwung, Aufschlagpunkt, Wille – das reine Zen.

Die rote Grütze spritzt sofort aus beiden Nasenlöchern. Luca kippt zur Seite und schlägt schwer wie ein von einer Gewehrkugel gefällter Büffel auf dem Holzboden der Trainingshalle auf.

»Das ist für Michelle, du Schwein«, gebe ich Luca Brasi mit aller Kraft einen Tritt in die Nieren. Mir ist klar, dass er das schon nicht mehr hören kann.

Für den Bruchteil einer Sekunde registriere ich ein scharfes Zischen in der Luft. Wie das Geräusch eines Golfschlägers beim Abschlag. Eine Abwehrreaktion ist nicht mehr möglich. Die metallbeschlagene Schuhspitze schlägt mit voller Wucht gegen meine Schläfe. Ein greller Lichtblitz zuckt durch mein Gehirn. Mir wird schwarz vor Augen. Nur kurz, aber lange genug für Cornetto um einen zweiten, harten Kick in meine Magengrube zu platzieren, der mich zusammenfaltet wie ein Nutella-Crêpe auf der Frankfurter Dippemess. Dieser kleine Italiener ist verdammt schnell. Und hart. Das sieht nicht gut aus für mich. Dann macht der Mann einen Fehler: Anstatt sofort nachzusetzen und mir den Rest zu geben, weidet er sich an meinem Anblick und fängt an zu quatschen.

»Jürgen McBride, da haben wir unseren großen Herzensbrecher. Jetzt zeig ich dir, wie wir bei uns in Sizilien Herzen brechen, mio caro amico.«

Als Cornettos Stahlschuhkappe ein weiteres Mal mit Lichtgeschwindigkeit auf mich zurast, wehre ich den

Tritt mit der Handkante ab und ramme ihm meinen Ellenbogen in die Kauleiste. Es macht ein sehr hässliches Geräusch, als seine Ober- und Unterkiefer aufeinanderkrachen und der Zahnschmelz in Stücke zersplittert. Cornetto ist von diesem Schlag nicht k. o. gegangen. Das hatte ich auch nicht beabsichtigt. Ich will noch mit ihm reden. Aber seine Angriffslust ist merklich abgekühlt. Er kauert auf dem Boden, hält sich die Hände vor den Mund und spuckt Blut und Zähne. Ungläubig schaut er auf die weißen Bröckchen in seinen Handflächen.

»Isch bring disch um, McBride«, nuschelt er mit Wuttränen in den Augen.

»Kann sein. Aber heute nicht mehr. Was ich von dir gerne wissen möchte: Warum habt ihr Michelle aus dem Fenster geworden? Wer hat Dr. Lärche erschossen? Wo ist das Scheiß-Rezept, hinter dem ihr alle her seid?«

»Fick disch, McBride!«

»Soll ich dir noch eine mitgeben? Sei mal ehrlich: Da sind doch noch Zähne übrig.«

Die Luft im Trainingsraum brennt von dem Hass des Italieners. Jetzt lächelt er auch noch böse. Das lückenhafte Lächeln Cornettos ist abgrundtief hässlich. Nicht etwa, dass sein Lächeln vorher schön war. Das war, seinem üblen Charakter entsprechend, schon immer fies. Aber mit dem blutigen Gebiss sieht er aus als hätte ihn Heidi Klum für ihre Halloween-Party schminken lassen.

In der Spiegelung des großen Fensters hinter Cornetto Caretta sehe ich den Grund für sein widerwärtiges Grinsens. Der Totengräber Luca Brasi ist aus seiner Ohnmacht erwacht und bereitet sich auf einen Überraschungsangriff vor. Ich will Cornetto im Glauben zu lassen, dass ich nicht weiß, was sich hinter mir abspielt, und plaudere munter drauf los.

»Sag mal, Cornetto, du und Sophia, ihr seid verlobt, richtig? Ich dachte, Sophia wäre Single. Sie schien mir ziemlich ausgehungert, wenn du verstehst, was ich meine. Sie ist ja so ein sympathisches, leidenschaftliches Mädchen. Versprich mir bitte eins: Bevor du Sophia unter die Augen trittst, geh bitte zum Zahnarzt. Ich möchte nicht, dass das gute Kind sich vor dir erschrecken muss.«

Cornetto Caretta schweigt, der Hass in seinen Augen ist Antwort genug. Im Abbild der Fensterscheibe sehe ich, wie Luca Brasi sich für einen Angriff in Stellung bringt. Er beschleunigt seinen massiven Körper wie mit einem Flugzeugkatapult abgeschossen und wird in der nächsten Sekunde auf mich treffen. Einen Wimpernschlag vorher steppe ich zur Seite. Luca Brasi rauscht an mir vorbei und touchiert seinen Chef. Durch die Berührung verliert Brasi den Halt in seinen italienischen Maßschuhen, kommt ins Stolpern, rudert mit den Armen, kann seine gewaltige Körpermasse nicht mehr abbremsen, durchbricht das Sprossenfenster im dritten Stock des Industriegebäudes, stürzt zehn Meter tief Richtung Erde und klatscht auf das Dach seines roten Alfa Romeo, mit dem er hierhergekommen ist und den er nun nie wieder steuern wird. Cornetto Caretta kauert auf dem Holzboden. Ich gehe zu ihm rüber, ziehe sein Mobile aus seiner Jackentasche und wähle die 110. Als ich die Stahltür hinter mir schließe, sehe ich, wie Cornetto den Rest seiner Zähne in die Handfläche spuckt.

# LASST ZWIEBELN SPRECHEN

*Freitag, siebzehnter Juli, Bergerstraße, Bio-Supermarkt*

Auch wenn mir es schwerfällt, eine Idee von Beat Strohgluth, dem Auftraggeber von Michelles Mörder, anzunehmen, in einem hat der Mann recht: Ich sollte mich allen Informationsquellen öffnen. Egal woher die Informationen kommen oder wie bekloppt mir eine Quelle vorkommt. Tipps von Pflanzen anzunehmen verstößt schließlich nicht gegen meine Berufsehre als Privatdetektiv. Zumal ich gar keine habe. Außerdem: Mit meinem Auto rede ich ja auch. Ab sofort heißt es also für mich: Lasst Blumen sprechen.

Der einfachste Weg, mit Pflanzen in Kontakt zu kommen, ist das Gemüseregal im Supermarkt. Wo sonst findet man so eine Artenvielfalt auf engstem Raum? Aus ermittlungstaktischen Gründen werde ich zeitweise meine Ernährung umstellen, frisches Gemüse einkaufen und versuchen, diese Dinge sogar zu essen. In der Hoffnung, dass das Grünzeug, bevor es gefrühstückt wird, mit mir spricht – und nicht nur hinterher.

Die Obst- und Gemüseabteilung des Bio-Supermarktes auf der Bergerstraße befindet sich gleich am Eingang. Ich bleibe vor einem Korb Brokkoli von einem Bio-Bauernhof aus Niedersachsen stehen und starte einen ersten Versuch zu einem Mensch-Pflanze-Gespräch. Damit das Gespräch nicht so abrupt endet wie der kurze Talk mit dem Blumenkohl aus Mannheim, werde ich darauf achten, diesmal niemanden auf den Strunk zu treten.

»Servus, was geht bei euch, meine grünen Lockenköpfchen?«

Keine Reaktion. Die niedersächsischen Brokkoli blicken indifferent aus der Gemüsekiste. Sie tun so, als ob sie die Frage nicht verstanden haben. Das habe ich beinahe erwartet. Ich dachte mir schon, dass Brokkoli eine hochnäsige Gemüsesorte ist. Also weiter zum nächsten Gemüseregal. Zwiebeln sind bestimmt weniger abgehoben als das Edelgemüse. Bei Gemüse und auch sonst stehe ich ohnehin mehr auf den Kumpel-Typ. »Zwiebel aus unserer Region. Herkunft: Hessisches Ried« steht auf dem handgeschriebenen Pappschild, das in einem Berg Zwiebeln steckt.

»Hallo zusammen, ich bin der Jürgen aus dem Gutleutviertel.«

»Wir sind die Zwiebeln aus der Region.«

»Wow! Und wieso könnt ihr sprechen?«

»Frag deine Mutter!«

Die Kommunikation mit den Zwiebeln scheint besser zu laufen als mit dem Brokkoli. Jedenfalls haben wir den gleichen Humor. Mit den kleinen Kerlen lässt es sich prima plaudern.

»Das Hessische Ried, das ist in der Nähe von Gross-Gerau. Schöne Gegend.«

»Korrekt.«

Die scharfen Knollen sind recht kurz angebunden. Vielleicht ist das generell die Art und Weise, wie Gemüse spricht. Ich meine, man kann wirklich nicht ernsthaft erwarten, dass Zwiebeln genauso denken oder sprechen können wie richtige Deutsche.

»Da wächst ja eine Menge Gemüse. Zwiebeln, Kartoffeln. Der Landstrich ist auch bekannt für Spargelanbau, nicht wahr?«, halte ich unser Gespräch am Laufen.

»Spargel? Pfft! Das Theater um die dürren Stangen nervt. Jedes Jahr drehen alle auf Kommando durch, nur weil Spargelzeit ist. Das Zeug schmeckt nach nix.«

»Ja, richtig. Spargel hier, Spargel da, man kommt ja mit dem Auto kaum vorbei an den ganzen Spargelbuden.«

»Wir fahren kein Auto, aber im Prinzip nicht falsch«, stimmen mir die Zwiebelchen zu.

»Ich will ganz aufrichtig sein, meine Freunde, ich habe euch angesprochen, weil ich eine Information benötige.«

»Lass hören!«

»Ich bin auf der Suche nach dem Keltischen Rezept. Schon mal davon gehört?«

»Klar. Kennen wir. Aber Zwiebeln kommen da nicht mit rein.«

»Ihr kennt also die Zutaten?«

»Nur so ungefähr. Wir wissen, dass jede Menge Kräuter drin sind. Aber auch noch eine andere, abgefahrene Sache, hört man. Diese Zutat kennen wir nicht.«

»Darf ich fragen, bei welcher Gelegenheit ihr etwas von diesem Rezept mitbekommen habt?«

»Alle Gemüsesorten kennen die Geschichte des Rezeptes, das euch Menschen fünfzig Jahre Unsterblichkeit verspricht. Wir erzählen sie den kleinen Samenkörnern weiter. Als Gute-Nacht-Geschichte. Wir Zwiebeln haben immer geglaubt, das sei nur ein Märchen, ähnlich wie euer Hänsel und Gretel. Aber vor zwei Wochen haben wir ein Gespräch mit angehört, bei dem sich ein Mensch nach dem Keltischen Rezept erkundigt hat. Ein alter Mann hat sich lange mit den Kollegen aus dem Kräuterregal nebendran unterhalten. Der Mann war sehr interessiert an der regionalen Kräutermischung für Grüne Soße aus Frankfurt-Oberrad. Er sei auf der Suche nach dem besten, dem wahren Rezept für Grüne Soße, dem Keltischen Rezept, sagte er. Die Kräuter haben ihn in die Gaststätte Germania in Sachsenhausen geschickt. Er hat sich dann drei Packungen Grüne-Soße-Kräuter genommen, hat bezahlt und ist gegangen.«

»Hey Leute, das ist eine Super-Information. Das hilft mir echt weiter.«

Die Backen der runden Zwiebelknollen laufen rot an. Die kleinen Kerle sind mächtig stolz, dass sie dem coolsten Frankfurter Privatdetektiv mit einer Information weiterhelfen durften. Der alte Mann, der sich nach dem Rezept erkundigte, war sicher der auf dem Opernplatz erschossene Lateinlehrer Dr. Lärche.

»Danke schön, ihr seid wirklich klasse. Macht's gut, Jungs«, verabschiede ich mich von meinen neuen Freunden, den regionalen Zwiebeln. Ich will den Bio-

Supermarkt auf dem kürzesten Weg über die Eingangs-
schranke verlassen. Ich habe ja nichts gekauft, also kann
ich mir den Umweg über den Ausgang an den Kassen
sparen.

Als ich über die Metallschranke am Eingang steigen
will, kommandiert jemand hinter meinem Rücken:
»Stopp!«

Ich drehe mich um, kann aber niemanden sehen.

»Willst du uns hier im Regal vergammeln lassen? Was
glaubst du, wozu wir hier sind? Wir liegen schon eine
ganze Woche hier rum. Noch drei Tage und wir werden aussortiert und auf den Kompost geschmissen. Pack
uns mal ein, Mann! Aber tüchtig.«

»Oh sorry. Na klar. Mach ich gern. Ich wusste ja
nicht ... egal ... Wir können uns zu Hause weiter unterhalten.«

Ich packe eine große Papiertüte voll mit drei Kilo
Zwiebeln aus dem Ried, hole in der Backwaren-Abtei-
lung drei Bio-Brötchen und zahle an der Kasse. Nebendran ist ein Metzger. Dort hole ich mir ein Pfund Thü-
ringer Mett.

Nach dem Hinweis, den mir mein alter Lateinlehrer zugehaucht hat und nach dem Tipp von den regionalen Zwiebeln, bin ich mir sicher, dass das keltische
Kraftzentrum, in dem das Rezept erscheinen wird, kein
anderer Ort sein kann als die Traditionsgaststätte Germania.

Ich werde mich in die Germania setzen, Apfelwein trinken und abwarten, bis das Rezept auftaucht.
Eigentlich brauche ich nur das zu tun, was ich in meiner Freizeit am liebsten mache. Die Gaststätte öffnet

um sechzehn Uhr. Mit Glockenschlag vier sitze ich in dem Innenhof. Sofort steht ein Glas Apfelwein vor mir. Sobald das Glas leer ist, stellt mir der Kellner ein neues hin. Den Apfelwein bringt derselbe Kellner, mit dem Michelle und ich uns angefreundet hatten, als wir hier waren. Als sie noch lebte.

»Wo hasten deine goldische Freundin?«, will der Kellner wissen, als er das dritte Gerippte vor mir abstellt. Ohne zu begreifen, was ich gerade sage, antworte ich: »Michelle hatte einen Unfall. Sie ist tot.«

Als ich mich das aussprechen höre, wird mir die Endgültigkeit dieser Worte klar. Die Frau, mit der ich hier vor ein paar Tagen saß, Michelle, mit der ich über jeden Quatsch lachen konnte, die wundervolle Frau, mit der ich zusammenbleiben wollte, ist tot. Ich darf bei meiner Antwort dem Kellner nicht in die Augen schauen, sonst verliere ich die Fassung und flenne hier in der Kneipe los wie ein Kleinkind.

Der Kellner drückt mitfühlend meine Schulter: »Ich setz mich später zu dir, Jürgen. Wenn's hier ein bisschen leerer wird.«

Der Kellner hat viel zu tun. Die Plätze an den Biertischgarnituren der Apfelweinwirtschaft sind an dem warmen Sommerabend eng besetzt. Mit gesenktem Kopf starre ich in das klare goldene Getränk, ohne meine Umgebung zu beachten. Das Rezept, meine Ermittlungen, meine Prämie – mir ist alles gleichgültig.

Nach dem ich weiß nicht wievielten Glas Apfelwein fragt mich der Kellner: »Sag mal, willst du nicht mal was essen, Jürgen? Ich bring dir die Karte.«

»Hm, ja. Kann man machen.«

Als ich vom Apfelwein aufblicke, sitzt zwei Tische gegenüber der Gemüseflüsterer Beat Strohgluth. Bester Laune winkt er mit einem Zweifinger-Gruß hämisch herüber. Was will der Typ hier? Ob er genau wie ich Wind davon bekommen hat, dass das magische Kraftzentrum, an dem das Rezept auftauchen wird, die Traditionsgasstätte Germania in Sachsenhausen ist? Oder hat er sich einfach an meine Fersen gehängt?

Als ich aufstehen will, um dem Typen klar zu machen, dass er sich verpissen soll, spüre ich die Wirkung der Dutzend Schoppen Apfelwein. Ich muss mich am Tisch abstützen, um nicht zur Seite zu kippen. Beat lacht auf und klatscht sich vor Vergnügen in die Hände. Diese blöde *Soja*!

Jetzt betritt der Kellner mit der Speisekarte den Hof der Apfelweingaststätte. Er hält sie in beiden Händen, die Arme kerzengerade ausgestreckt. Er schreitet gemessenen Schrittes durch die Reihen der Bierbankgarnituren. Weihevoll wie ein Priester bei einer katholischen Prozession die Monstranz trägt er die Speisekarte. Um sie herum strahlt eine grüne Aura, die den ganzen Innenhof ausleuchtet.

Außer mir scheint niemand diese auffällige Szene wahrzunehmen. Bewegungslos sitzen die Gäste in dem voll besetzten Restaurant an ihren Tischen. Es herrscht vollkommene Stille, kein Geräusch dringt von der Straße herein. Jemand hat die Zeit angehalten. Mir scheint, nur noch der Kellner und ich können sich bewegen. Doch da sollte ich mich irren.

Bevor der Kellner meinen Tisch erreicht und mir die Speisekarte überreichen kann, fliegt Beat Strohgluth heran, reißt ihm die Karte aus der Hand und macht sich damit aus dem Staub. Ich bin nicht mehr in der frischesten Verfassung und komme durch die engen Tischreihen viel zu langsam voran, um den Sportsmann aufzuhalten. Er ist schon am Ausgang unter dem Torbogen zur Straße und sich seiner Sache so sicher, dass er sich nicht verkneifen kann, mir zum Abschied noch eins mitzugeben. Beat schwingt die grün leuchtende Karte triumphierend über seinem Kopf.

»Wir sehen uns in fünfzig Jahren, McBride. Falls es dich da noch gibt.« Dann fällt er in höhnisches Gelächter. Rückwärts tänzelt er durch die Einfahrt, albert mit der Speisekarte herum und amüsiert sich über meine tollpatschigen Versuche, ihm nachzukommen. Auf dem Gehsteig der Textorstraße tritt er mit der Ferse in die Hinterlassenschaft eines Vierbeiners, rutscht aus, taumelt, reckt den Arm mit der Speisekarte nach oben, rudert mit dem anderen Arm, kann sein Gleichgewicht nicht halten, stolpert und stürzt auf die Straßenbahnschienen. Bevor er aufstehen kann, rauscht pünktlich auf die Minute die Straßenbahn Nummer sechzehn in die Haltestelle.

Sie fährt über Beat hinweg und trennt ihm mit einem sauberen Schnitt den Kopf und einen Arm über dem Handgelenk ab. Der Kopf kullert in den Rinnstein, direkt vor eine Gruppe mit Tagesausflüglern aus Leinfelden-Echterdingen.

Die Notbremsung bringt die Straßenbahn zwanzig Meter hinter Beat zu stehen. Entsetzt stehen die Passanten um den Kopf und den kopflosen Körper herum, aus dessen offener Halsschlagader das Blut auf die Straße spritzt. Das Herz des Gemüseflüsterers schlägt noch. Regelmäßig pumpt es die rote Suppe auf den Asphalt. Niemand achtet auf die abgetrennte Hand mit der grün glimmenden Speisekarte, die zwanzig Meter hinter dem Straßenbahnwagen liegt. Als ich die Karte aus Beats dead cold hands nehme, hört sie auf zu leuchten. Jetzt nichts wie weg von hier! Da schnappt die tote Hand noch einmal zu. Ihre Finger schlagen sich in mein Hosenbein. Ich muss alle Kraft aufbieten, um die Todeskralle aufzubiegen und von mir zu werfen. Die Hand, die einmal Beat gehört hat, hüpft auf dem Pflaster herum, springt und macht einen letzten Versuch nach der Karte zu greifen. Jetzt reicht's, Beat! Im Stil eines Alex Meier, des Eintracht-Torschützenkönigs der Saison 2015, nehme ich das Ding volley und kicke es in die Stratosphäre.

Auf der Gegenfahrbahn trifft gerade eine Straßenbahn ein, die in meine Richtung fährt. Ich setze mich in die leere Tram. Die Speisekarte mit dem Rezept für fünfzig Jahre Unsterblichkeit, das Rezept, das in den letzten beiden Wochen vier Leute das Leben gekostet hat, liegt auf meinem Schoß.

# DIE HAUSORDNUNG

*Freitag, siebzehnter Juli, Gutleutviertel, Gummistiefelfabrik*

Nun haben wir zwei uns schließlich gefunden, das Keltische Rezept für fünfzig Jahre gesund und schön und ich, Jürgen McBride, der Auserwählte. Das magische Pergament liegt in der aufgeklappten Speisekarte der Gaststätte Germania vor mir auf dem Küchentisch. Irgendwer oder irgendetwas hat das jahrhundertealte Blatt in einer Klarsichthülle in der Rubrik »Kalte Speisen« abgeheftet. Ich versuche zu entziffern, was dort vor meiner Nase auf dem verwitterten Pergament geschrieben steht. Aber meine Lateinkenntnisse aus dem kleinen Latinum, zu denen mich mein erschossener Lateinlehrer Dr. Lärche vor zwanzig Jahren geführt hat, reichen nicht aus. Davon abgesehen ist mein Interesse pure Neugier. Ich werde das Rezept noch heute Abend der Kanzlei Stromberg übergeben und meine Rechnung stellen. Damit ist das Thema durch.

Muriel von Stromberg ist nach dem ersten Klingeln an der Strippe. »Hast du's, McBride?«

»Jürgen.«

»Was ist jetzt?«, fragt sie ungeduldig.

»Wir duzen uns doch, Muriel. Schon vergessen?«

»Verdammt, McBride.«

»Ja, ich hab das Ding.«

»Wo?«

»Hier bei mir im Loft.«

»Wir holen es ab. Rühr dich nicht von der Stelle. Meine Leute sind gleich bei dir.«

Nach zehn Minuten klingelt es an meiner Wohnungstür im dritten Stock der Gummistiefelfabrik. Muriels Security-Truppe muss vom Westend rüber zu mir ins Gutleutviertel geflogen sein.

Als ich öffne, steht Carola Liebernicht, die Abteilungsleiterin der Nation Of The Beautiful vor mir. Bevor ich ihr die Tür vor der Nase zuschlagen kann, jagt mir Frau Liebernicht mit einem Elektroschocker einen Sechszigtausend-Volt-Stromschlag in die Brust, sprüht mir einen Strahl Pfefferspray ins Gesicht und steigt über mich drüber. Liebernicht spaziert durch mein Loft und reißt die Schranktüren auf. Sie muss nicht lange suchen, um die Speisekarte auf dem Küchentisch zu entdecken.

»Ja«, schreit sie, als sie das Rezept findet.

Mittlerweile kann ich mich wieder bewegen und taumele blind Richtung Badezimmer, um mir im Waschbecken die Augen auszuwaschen. Als ich wieder etwas sehen kann, blicke ich in das strenge Gesicht von Carola Liebernicht. Sie tasert mich ein zweites Mal und wartet gelangweilt, bis ich zu zucken aufgehört habe.

»Ich habe gerade einen Blick in deine Küchenschränke geworfen. Du solltest dich wirklich besser ernähren. Weißt du, was du unserer Umwelt mit den ganzen Plastikverpackungen antust? Es ist wirklich eine Schande«, sagt sie. Zur Strafe sprüht sie mir eine weitere Ladung Pfefferspray aus ihrer treibhausgasfreien Pumpflasche in die Augen.

Dann dreht sie sich auf dem Absatz um und verduftet mit meiner tausend Euro Erfolgsprämie.

»Halt, stehen bleiben! Haltet den Dieb«, rufe ich ihr hilflos hinterher. Mit elektrogeschockten Beinmuskeln ist an eine Verfolgung nicht zu denken. Wie mein eigener Opa steige ich der Diebin im Treppenhaus hinterher. Gleich, wenn unten die Eingangstür zuschlägt, wird Liebernicht mit dem Rezept über alle Berge sein. Der Knall bleibt jedoch aus. Stattdessen höre ich einen dumpfen Schlag und ein Aufstöhnen. Unten angekommen sehe ich Liebernicht am Boden liegen. Frau Hegemann steht über Carola Liebernicht. Wie ein Großwildjäger hat sie ihren Hausschlappen zwischen die Schulterblätter der Diebin gesetzt. Und das Beste: Die magische Speisekarte klemmt unter Frau Hegemanns unzerstörbarem rechten Oberarm.

»Gehört des Ihne?«, reicht sie mir die Karte.

»Richtig, Frau Hegemann. Danke, dass Sie die Frau aufgehalten haben.«

»Ich hab des jetz net wegen Ihne gemacht, Herrn MägBreid. Damit Se Bescheid wisse. Hier geht's um die Hausordnung. Bei mir im Haus wird nix geklaut. So ebbes dulde mir aus Prinzip net.«

»Trotzdem nochmals vielen Dank, Frau Hegemann.«

»Un, solle mer die Bollizei aahrufe?«

»Wegen mir nicht.«

»Dann schmeiß ich die *Tofu* jetzt raus.«

»In Ordnung.«

Hausmeisterin Hegemann öffnet die Haustür, stellt Carola Liebernicht in die Senkrechte und verpasst ihr einen Arschtritt. Die Liebernicht fliegt durch den Fabrikhof und landet im Kräuterbeet von Annika und Niclas. Zügig macht sie sich vom Acker.

Fünf Minuten später klingelt es erneut an der Lofttür. Zwei Männer in Sonnenbrille und Anzug stehen vor mir. Einer der beiden Gorillas spricht mich mit der ausgesuchten Höflichkeit an, an der man den Profi im Security-Gewerbe erkennt. Der andere steht einen halben Meter mit einem Headphone hinter ihm und sichert die Lage.

»Guten Tag, Herr McBride, wir sind von der Kanzlei von Stromberg beauftragt, das Schriftstück abzuholen. Wären Sie so freundlich, es uns auszuhändigen?«

»Sehr gerne, Jungens. Ich bin froh, wenn ich das Ding los bin.«

Ich drücke dem Gorilla Nummer eins die Speisekarte der Germania in die Hand.

»Das Rezept ist in dieser Karte?«

»Schauen Sie nach.«

Der Schrank klappt die Karte auf und zeigt es Agent Nummer zwei. Der nickt stumm.

»Auf Wiedersehen«, verabschiedet sich Agent Nummer eins mit der Lizenz zum Sprechen.

»Muss nicht sein«, antworte ich und schließe die Wohnungstür hinter den beiden und drehe den Schlüssel zweimal um.

Eine halbe Stunde später klingelt das Telefon. Muriel von Stromberg ist dran.

»Gratuliere, McBride. Es ist das Original. Gerade noch rechtzeitig. Ich habe es bereits meinem Mandanten weitergegeben. Wir werden dir deine Prämie überweisen.«

»Du willst mir nicht verraten, wer dein Mandant ist, Muriel?«

»Nein.«

»Und die Zutaten für das Rezept auch nicht?«

»Na ja, du kannst mit der Information eh nichts mehr anfangen. Ich auch nicht, weil das Rezept nicht mehr im Besitz unserer Kanzlei ist. Also, pass gut auf. Die Übersetzung aus dem Lateinischen hat ergeben: Es ist das Rezept für die Frankfurter Grüne Soße.«

»Was? Und dafür, für ein Rezept, das man auf jeder Packung am Gemüsemarkt nachlesen kann, wurden mein Lateinlehrer am Opernplatz erschossen und meine Freundin aus dem Fenster geschmissen?«

»Das ist leider wahr. Allerdings ist es nicht nur das Rezept für die Grüne Soße. Sondern auch eine besondere Zutat, die eigentlich nicht in hineingehört.«

»Und die wäre?«

»Bitte behalte diese Information für dich. Die Zutat sind drei Schnurhaare eines Eichhörnchens.«

Ich lege auf, öffne mir ein Binding Export und haue mich vor die Glotze. Gleich kickt die Eintracht.

# PRESSEMELDUNG 1

Am Montag, den zwanzigsten Juli 2015 erscheint in der Frankfurter Neuen Presse unter »Lokales« folgende Meldung:

**Einbruch im Senckenbergmuseum**

Am vergangenen Sonntag kam es im Frankfurter Senckenbergmuseum zu einem Zwischenfall. Während der Öffnungszeiten schlug eine bisher nicht identifizierte, männliche Person einen Schaukasten in der Ausstellung für heimische Säugetiere ein und entwendete ein ausgestopftes Eichhörnchen. Dem Täter gelang unter Gewaltanwendung die Flucht. Ein Wachmann wurde durch einen Sturz leicht verletzt. Der entstandene Schaden wird auf mehrere hundert Euro beziffert. Über das Motiv des Diebstahls und die Identität des Diebes ist bisher nichts bekannt.

# PRESSEMELDUNG 2

Am Mittwoch, dem zweiundzwanzigsten Juli 2015 kann man in der BILD Frankfurt die Schlagzeile lesen:

**Kopfschuss-Mord am Opernplatz geklärt!**
**Irre Eichhörnchen-Killerin:**
**»Er hat es nicht anders verdient!«**

Der brutale Mord an dem pensionierten Lateinlehrer Dr. Walter Lärche scheint aufgeklärt. Der Mann war vor zwei Wochen mitten auf dem Opernplatz von einer bislang unbekannten Motorradfahrerin vor den Augen zahlreicher Passanten regelrecht exekutiert worden (BILD berichtete). Die Untersuchung der Projektile im Kopf des Lehrers hatte ergeben, dass es sich bei der Tatwaffe um eine kleinkalibrige Beretta 22 handelte.

Vorgestern, am Dienstag, konnte unsere Polizei den Mord an Dr. Lärche auf spektakuläre Weise aufklären. In den frühen Morgenstunden wurden die Beamten durch Anwohner verständigt, als eine Frau mit einer Handfeuerwaffe im Frankfurter Günthersburgpark Jagd auf Eichhörnchen machte. Sie hatte bereits mehrere Schüsse in die Baumkronen abgegeben und damit auch Spaziergänger gefährdet. Junge Mütter mit ihren Kinderwagen suchten entsetzt Schutz in einem Café. Als die Polizei eintraf, ließ sich die offensichtlich verwirrte Frau widerstandslos festnehmen. Die Beamten beschlagnahmten die Handfeuerwaffe.

Dann die Sensation nach der ballistischen Untersuchung: Es ist die gleiche kleinkalibrige Beretta, mit der auch der Lateinlehrer am Opernplatz erschossen wurde. Die Täterin, die Ernährungsberaterin Carola L., legte mittlerweile ein umfassendes Geständnis ab und wurde der psychiatrischen Abteilung des Uniklinikum überstellt.

# PRESSEMELDUNG 3

In der Illustrierten Gala erscheint in der Ausgabe September 2015 folgendes Interview:

## 50 ist das neue 30

Ein typischer Spätsommernachmittag auf Sylt. Wir sind mit drei hochkarätigen deutschen Schauspielerinnen in der Lounge der legendären Strandbar Sansibar verabredet. Die Atmosphäre ist leger, ja lässig. Man sieht bekannte Gesichter aus dem Media- und Movie-Business. Charlotte R. teilt sich mit Vitali K. einen Teller Austern und grüßt kurz herüber. Man sieht den Gästen an, dass es für sie nichts Besonderes ist, an diesem traumhaften Ort bei einem Glas Roederer Brut den perfekten Nachmittag zu genießen.
Aber ich muss ehrlich zugeben: Für mich als Journalistin, die schon mit vielen bedeutenden Leuten zusammentreffen durfte – und dankbar dafür ist – ist diese Situation alles andere als gewöhnlich. Ich habe heute das Glück, gleich

drei wundervolle, starke Frauen zu einem Interview zu treffen. Dreimal pure, positive, weibliche Lebensenergie. Zwei Stars, die übrigens nur ungern so bezeichnet werden, sitzen mir bereits gegenüber. Es sind die bekannten Künstlerinnen Iris B. und Maria F. Bevor unser Interview beginnt, plaudern wir bereits so vertraut miteinander, als würden wir uns eine Ewigkeit kennen. Diese Natürlichkeit und Wärme hatte ich ehrlich gesagt nicht erwartet. Jetzt trifft auch Christine N. ein. Frau umarmt sich herzlich. Keine Spur von Konkurrenz unter diesen drei Größen der deutschen Fernsehunterhaltung.

*Gala*: Christine N., vielen Dank, dass Sie sich trotz Ihrer Arbeit Zeit für uns nehmen. Sie sind mitten im Dreh, nicht wahr?

*Christine N.:* Tut mir leid, dass ihr warten musstet. Es geht halt nicht immer mit der Stoppuhr. Ich improvisiere beim Dreh gerne mal. Man muss sich die Freiheit nehmen, man selbst zu sein, nicht wahr?

*Gala*: Sie drehen hier auf Sylt einen Krimi, wie im Netz zu lesen war?

*Christine N.:* Die ARD dreht mit mir hier auf Sylt eine neue Folge der Krimiserie »Die Yoga-Kommissarin«.

*Gala*: Apropos Yoga – bevor wir das Interview fortsetzen –, darf ich Ihnen ein Kompliment machen: Sie alle drei, Frau N., Frau B. und Frau F., wirken unglaublich jugendlich und frisch. Liegt das an der besonderen Luft hier auf Sylt, an ihrem Yoga-Training oder haben sie ein Rezept für die ewige Jugend? Seien sie so freundlich und teilen es unseren Lesern mit.

Was ist Ihr Rezept?

*Weitere Titel finden Sie auf den
folgenden Seiten und im Internet:*

**WWW.GMEINER-VERLAG.DE**

Leo Heller
**Schöner Sterben
in Bembeltown**
Kriminalroman
249 Seiten, 13,5 x 21 cm
Premium-Klappenbroschur
ISBN 978-3-8392-2489-2
**€ 15,00 [D] / € 15,50 [A]**

Der Frankfurter Detektiv Jürgen McBride, Opel-GT-
Fahrer und Kunstbanause, wird beauftragt,
ein gestohlenes Kunstwerk von Josef Beuys wie-
derzufinden. Dem Werk, ein mit Kojotenblut ge-
zeichnetes Eichhörnchen, werden magische Kräfte
nachgesagt. Außer McBride machen auch andere,
finstere Typen Jagd auf das Bild. Bei McBrides un-
konventioneller Vorgehensweise kommt es zu jeder
Menge Missverständnissen. Klar, dass dabei nicht nur
Herzen, sondern auch Nasen gebrochen werden.

**GMEINER SPANNUNG**

**WWW.GMEINER-VERLAG.DE**
*Wir machen's spannend*

Matthias P. Gibert
**Tödliche Hetze**
Kriminalroman
344 Seiten
13,5 x 21 cm, Klappenbroschur
ISBN 978-3-8392-2764-0
**€ 16,00 [D] / € 16,50**

In Kassel kommt es nach dem Tod von Walter
Lübcke wiederholt zu rechtsradikal motivierten
Angriffen auf Politiker und Journalisten. Es herrscht
ein Klima der Gewalt. Im Hochsommer 2020 spitzt
sich die Lage zu. Erst sterben zwei Menschen bei
einem Brandanschlag auf eine linke Szenezeitung,
dann gibt es mehrere brutale Anschläge auf Mitglieder der Neonaziszene. Die Kommissare Thilo Hain
und Pia Ritter finden kaum Ermittlungsansätze. Die
Menschen schweigen. Aus Angst?

GMEINER SPANNUNG

WWW.GMEINER-VERLAG.DE
*Wir machen's spannend*

© Lutz Eberle

Christof A. Niedermeier
**Der Tod kam zum Dessert**
Kriminalroman
346 Seiten
12 x 20 cm, Paperback
ISBN 978-3-8392-2701-5
**€ 14,00 [D] / € 14,40**

Küchenchef Jo Weidinger bekommt einen prestiget-
rächtigen Auftrag – er soll das Festbankett für den
Geburtstag eines bekannten Frankfurter Unterneh-
mers ausrichten. Kurz nach dem Dessert ist der
Firmenchef tot. Rasch stellt sich heraus, dass er
vergiftet wurde. Gift in seinem Essen? Das kann Jo
unmöglich auf sich sitzen lassen. Als auch noch sein
Lehrling unter Mordverdacht festgenommen wird,
bleibt Jo keine andere Wahl: Er muss den hinterhälti-
gen Mörder auf eigene Faust aufspüren.

GMEINER SPANNUNG

**WWW.GMEINER-VERLAG.DE**
*Wir machen's spannend*

# DIE NEUEN *Lieblings-plätze*

GMEINER KULTUR

WWW.GMEINER-VERLAG.DE

*Mensch, Kultur, Region*